वर्जिनिया वूल्फ
की
लोकप्रिय कहानियाँ

वर्जिनिया वूल्फ (1882-1941) 20वीं सदी की एक प्रतिभाशाली अंग्रेज साहित्यकार और निबंधकार। उन्होंने डायरी, जीवनियाँ, उपन्यास, आलोचना—सभी विषयों पर अपनी कमल चलाई, लेकिन उनकी प्रिय विषयवस्तु स्त्री-विमर्श ही थी।

'लोकप्रिय कहानियाँ' श्रृंखला के सम्मानित कथाकार

• अवध नारायण मुद्‍गल • अज्ञेय • आचार्य चतुरसेन • आनंद प्रकाश जैन
• आर.के. नारायण • उर्मिला शिरीष • उषा किरण खान • ऋता शुक्ल
• कमल कुमार • कमलेश्वर • कुसुम अंसल • कुसुम खेमानी • केशव
• गंगाप्रसाद विमल • गिरिराज किशोर • गुरुदत्त • गोविंद मिश्र • चंद्रकांता
• चित्रा मुद्‍गल • जयशंकर प्रसाद • जैनेंद्र कुमार • ज्योत्स्ना मिलन
• दामोदर दत्त दीक्षित • देवेंद्र सत्यार्थी • धर्मवीर भारती • नरेंद्र कोहली
• नासिरा शर्मा • निर्मल वर्मा • पद्‍मा सचदेव • पांडेय बेचन शर्मा 'उग्र'
• प्रकाश मनु • प्रेमचंद • बलराम • बिमल मित्र • भगवान अटलानी
• मनु शर्मा • मन्नू भंडारी • महीप सिंह • मालती जोशी • मीरा सीकरी
• मृदुला बिहारी • मृदुला सिन्हा • मेहरुन्निसा परवेज • रमेशचंद्र शाह
• मृदुला गर्ग • रमेश पोखरियाल 'निशंक' • रवींद्रनाथ टैगोर • रस्किन बॉण्ड
• राजी सेठ • राजेंद्र मोहन भटनागर • राजेंद्र राव • रामदरश मिश्र
• रामधारी सिंह दिवाकर • रूपसिंह चंदेल • विजयदान देथा
• विद्या विंदु सिंह • विवेकी राय • विश्वंभरनाथ शर्मा कौशिक
• विष्णु प्रभाकर • वृंदावनलाल वर्मा • शंकरदयाल सिंह • शरतचंद्र चटर्जी
• शिवप्रसाद सिंह • शैलेश मटियानी • श्रीलाल शुक्ल • संतोष गोयल
• सच्चिदानंद जोशी • सत्यजित रे • सिम्मी हर्षिता • सीतेश आलोक
• सुधा मूर्ति • सुनीता जैन • सुभद्रा कुमारी चौहान • सुशील कुमार फुल्ल
• सूर्यबाला • से.रा. यात्री • स्वयं प्रकाश • हिमांशु जोशी

भारतीय भाषाओं की कहानियाँ

• डोगरी-कश्मीरी • ओड़िया • कन्नड़ • गुजराती
• तमिल • तेलुगु • पंजाबी • मराठी • मलयालम
• असमीया • बांग्ला • सिंधी • कोंकणी • उर्दू

विदेशों की कहानियाँ

• अमेरिका • इंग्लैंड • जर्मनी • फ्रांस • यूरोप • रूस • स्पेन

वर्जिनिया वूल्फ
की
लोकप्रिय कहानियाँ

वर्जिनिया वूल्फ

प्रकाशक

प्रभात पेपरबैक्स

प्रभात प्रकाशन प्रा. लि. का उपक्रम

4/19 आसफ अली रोड, नई दिल्ली–110002

फोन : 23289777 • हेल्पलाइन नं. : 7827007777

इ–मेल : prabhatbooks@gmail.com ❖ वेब ठिकाना : www.prabhatbooks.com

संस्करण

प्रथम, 2022

मूल्य

तीन सौ रुपए

अनुवाद

दोयल बोस

मुद्रक

आर–टेक ऑफसेट प्रिंटर्स, दिल्ली

———— ★ ————

VIRGINIA WOOLF KI LOKPRIYA KAHANIYAN

Published by **PRABHAT PAPERBACKS**
An imprint of Prabhat Prakashan Pvt. Ltd.
4/19 Asaf Ali Road, New Delhi-110002

ISBN 978-93-5521-212-2

₹ 300.00

अनुक्रम

1.	लैपिन और लैपनोवा	7
2.	बॉण्ड गली में मिसेज डैलोवे	15
3.	एक समाज	26
4.	होने के क्षण	42
5.	वह नई पोशाक	52
6.	एक अलिखित उपन्यास	64
7.	शूटिंग पार्टी	77
8.	एक साथ और अलग-अलग	96
9.	रानी और वह जौहरी	100
10.	दीवार पर वह निशान	111
11.	नीला और हरा	120
12.	वह आदमी, जिसे अपनी इनसानियत पसंद थी	122
13.	वह भूत बँगला	132
14.	किऊ के बाग	136
15.	वह खोजी-दीप	146
16.	बाहर से एक महिला कॉलेज	153
17.	चौरागा की श्रृंखला	158

लैपिन और लैपनोवा

उनकी शादी हो चुकी थी। ईटॉन जैकेटों में लड़के चावल फेंक रहे थे। एक फॉक्स टैरियर सड़क के सामने खड़ी थी। अरनेस्ट थोबर्न अपनी दुलहन को गाड़ी तक ले जा रहा था। अरनेस्ट सुंदर दिख रहे थे। उनकी दुलहन शरमा रही थी। लंदन आसपास के ऐसे काफी अनजान लोग थे, जो किसी के भी सुख-दुःख में शामिल हो जाते हैं। वहाँ ज्यादा चावल फेंके गए और गाड़ी चल पड़ी।

तब मंगलवार था और अब शनिवार। रोसालिंड अभी तक यह स्वीकार नहीं कर पाई थी कि अब वह श्रीमती अरनेस्ट थोबर्न बन चुकी है। उसे अरनेस्ट नाम भी पसंद नहीं था। वह खुद यह नाम कभी नहीं चुनती। वह चुनती—टिमाथी, ऐंटोनी या पीटर।

वह नाश्ते के लिए अरनेस्ट का नीचे इंतजार कर रही थी। अरनेस्ट को खुद भी यह नाम पसंद नहीं था। उसे ऐसा लगता था, मानो यह नाम उसे एल्बर्ट मेमोरियल, माहोगनी की अलमारियों व उसकी सास के पोरचेस्टर टैरेसवाले घर की याद दिलाता हो।

वह यहाँ आ चुका था। भगवान् का शुक्र था, वह अरनेस्ट की तरह नहीं दिख रहा था। तो वह किसकी तरह दिख रहा था ? वह भोजन करते समय बिल्कुल एक खरगोश की तरह दिख रहा था—सीधी नाक, नीली आँखें—ये सब उसे और हास्यास्पद बना रहा था। खाते समय उसकी

नाक हिल रही थी, बिल्कुल वैसे ही, जैसे उसके पालतू खरगोश की दिखती है। अब चूँकि अरनेस्ट ने देख लिया कि वह उसकी ओर देखकर हँस रही थी, अत: उसे इसके पीछे की वजह बतानी पड़ेगी।

"ऐसा इसलिए, क्योंकि तुम खरगोश जैसे हो, अरनेस्ट, बिल्कुल राजा खरगोश की तरह, जो दूसरों के लिए कानून बनाता है।" उसने कहा। अरनेस्ट को इस तरह के खरगोश बनने में कोई दिक्कत नहीं थी, क्योंकि इससे वह बेहद खुश थी। अरनेस्ट को नहीं पता था कि उसकी नाक हिलती है। वह जान-बूझकर अपनी नाक हिला रहा था। वे दोनों हँस रहे थे तथा उन्हें देखकर और लोग भी यही समझ रहे थे कि वे बेहद खुश थे, लेकिन यह खुशी कब तक थी, दोनों एक-दूसरे से पूछ रहे थे। वे अपने-अपने हालातों के हिसाब से जवाब भी दे रहे थे।

"ऐसा इसलिए, क्योंकि तुम खरगोश जैसे हो, अरनेस्ट, बिल्कुल राजा खरगोश की तरह, जो दूसरों के लिए कानून बनाता है।" उसने कहा। अरनेस्ट को इस तरह के खरगोश बनने में कोई दिक्कत नहीं थी, क्योंकि इससे वह बेहद खुश थी। अरनेस्ट को नहीं पता था कि उसकी नाक हिलती हैं।

भोजन के वक्त उसने उसे सलाद दिया व पूछा, "सलाद, खरगोश? आओ, इसे मेरे हाथ से ले लो!" और वह आया। वह अपनी नाक हिलाते हुए सलाद खाने लगा।

"अच्छा खरगोश!" उसकी पीठ थपथपाते हुए, उसने कहा जिस तरह वह अपने पालतू खरगोश के साथ करती थी, लेकिन यह ठीक नहीं था। वह एक पालतू खरगोश नहीं था। वह उसे फ्रेंच में 'लैपिन' कहने लगी, लेकिन वह फ्रेंच नहीं था। वह तो अंग्रेज था। फिर वह उसे 'बन्नी' कहने लगी। उसकी नाक हिली। वह फिर 'लैपिन' कहने लगी।

"लैपिन, लैपिन, राजा लैपिन!" उसने दोहराया। यह उसपर जँच रहा था। वह अरनेस्ट नहीं था, वह राजा लैपिन था। क्यों? यह वह भी नहीं जानती थी।

जब बात करने के लिए कुछ नया नहीं था तथा बारिश आ रही थी, जिसके बारे में उन्हें पहले ही चेतावनी दी गई थी। और वेटर तभी आता था, जब आप उसके लिए घंटी बजाएँ। वह लैपिन जाति के बारे में सोचने लगी। अरनेस्ट भी उसकी मदद करने लगा। वहाँ काले खरगोश थे और लाल भी। कुछ मित्र थे और कुछ शत्रु भी। सबसे ऊपर था राजा लैपिन, जो हमेशा अपनी नाक हिलाता था। रोसालिंड उसमें नई अच्छाइयाँ ढूँढ़ती थी, लेकिन वह एक अच्छा शिकारी था।

जब बात करने के लिए कुछ नया नहीं था तथा बारिश आ रही थी, जिसके बारे में उन्हें पहले ही चेतावनी दी गई थी। और वेटर तभी आता था, जब आप उसके लिए घंटी बजाएँ। वह लैपिन जाति के बारे में सोचने लगी। अरनेस्ट भी उसकी मदद करने लगा। वहाँ काले खरगोश थे और लाल भी। कुछ मित्र थे और कुछ शत्रु भी। सबसे ऊपर था राजा लैपिन, जो हमेशा अपनी नाक हिलाता था।

हनीमून के आखिरी दिन रोसालिंड कहने लगी, "तो आज राजा क्या करेंगे?"

"आज राजा ने एक खरगोश पकड़ा, एक महिला खरगोश।" उसने कहा।

"एक सफेद खरगोश! छोटी, ग्रे, बड़ी आँखोंवाली?" रोसालिंड ने कहा।

"हाँ, उसके पाँव हिल रहे थे और आँखें बड़ी थीं।" अरनेस्ट ने

कहा। रोसालिंड ऐसे ही बैठी थीं तथा उसकी आँखें बड़ी थीं।

"ओह, लैपिनोवा!" रोसालिंड बड़बड़ाई।

"सच्ची, रोसालिंड को यह कहते हैं?" उसने प्यार से कहा।

"हाँ, उसे यही कहते हैं।" और सोने से पहले सबकुछ साफ था। वह राजा लैपिन और वह रानी लैपिनोवा।

जब वे हनीमून से वापस आए, उनकी अपनी खरगोशों की एक अलग दुनिया बन चुकी थी। जब भी कोई खरगोशों के बारे में बात करता था तो वे एक-दूसरे को देखकर आँख मारते थे या मुसकराते थे। लेकिन यह एक रहस्य था, जिसे अरनेस्ट व रोसालिंड के अलावा कोई तीसरा नहीं जानता था।

जब वे हनीमून से वापस आए, उनकी अपनी खरगोशों की एक अलग दुनिया बन चुकी थी। जब भी कोई खरगोशों के बारे में बात करता था तो वे एक-दूसरे को देखकर आँख मारते थे या मुसकराते थे। लेकिन यह एक रहस्य था, जिसे अरनेस्ट व रोसालिंड के अलावा कोई तीसरा नहीं जानता था।

लेकिन अगर ऐसा न हुआ होता तो वह सर्दियाँ कैसे बिताती? रोसालिंड सोच रही थी। जैसे कि वह पार्टी, जहाँ थोबर्न की 50वीं सालगिरह मनाई जा रही थी? नहीं तो अरनेस्ट एवं नौ और लड़के-लड़कियाँ कहाँ से आते? लेकिन वह मना भी नहीं कर सकती थी। इतने सब लोगों के बीच वह अनाथ, खुद को एक पानी की बूँद जितने आकार का महसूस कर रही थी। जहाँ की हर एक चीज पर सच्चा सोना होने की छाप लगी हुई थी, वहाँ उसका तोहफा इतना सस्ता, इतना मामूली था—एक 18वीं सदी का, पुराना रेत कास्टर। उसे अपने सामने अपनी सास के हाथों लिखा हुआ खत याद आ रहा था, 'मेरा बेटा तुम्हें खुश

रखेगा।' नहीं, वह खुश नहीं थी। उसने अरनेस्ट की ओर देखा, जिसकी नाक बिल्कुल भी हिल नहीं रही थी, एकदम सीधी थी।

वह खाने के लिए नीचे गई। हर चीज सुनहरी थी। सुनहरे कार्ड, जिनपर सुनहरे अक्षरों से उन खाने की चीजों का नाम लिखा था, जो आनेवाली थीं। खाने की प्लेट से उठता धुआँ भी रोशनदान की रोशनी से सुनहरा दिख रहा था। सिर्फ वही अपने सफेद शादी के जोड़े में एक हिमलंब की तरह बिल्कुल अघुलनशील थी।

वह खाने के लिए नीचे गई। हर चीज सुनहरी थी। सुनहरे कार्ड, जिनपर सुनहरे अक्षरों से उन खाने की चीजों का नाम लिखा था, जो आनेवाली थीं। खाने की प्लेट से उठता धुआँ भी रोशनदान की रोशनी से सुनहरा दिख रहा था। सिर्फ वही अपने सफेद शादी के जोड़े में एक हिमलंब की तरह बिल्कुल अघुलनशील थी।

जैसे-जैसे खाना आगे बढ़ा, गरमी बढ़ रही थी। मर्दों के माथे पर पसीना आ रहा था। उसे ऐसे लग रहा था, मानो वह बर्फ से पानी बन रही हो और जल्दी ही बेहोश हो जाएगी। फिर उसे एक आवाज सुनाई दी—"लेकिन वे ऐसे ही नस्ल बढ़ाते हैं!"

"हाँ थोबर्न, वे ऐसे ही नस्ल बढ़ाते हैं!" उसके कानों में आवाज गूँजी।

"छोटे राक्षस!…उन्हें गोली मार दो। उनपर बड़े जूते लेकर कूदना चाहिए! उनके साथ ऐसा ही होना चाहिए…खरगोश!" जॉन चिल्लाया।

यह सुनकर उसने अरनेस्ट की ओर देखा, जिसकी नाक हिल रही थी। उसने अपने ससुर की ओर देखा—एक शिकारी, जिनकी जेब में तीती का शव था। फिर उसने कुँआरी बेटी सेलिया की ओर देखा, जिसे सबके मामलों में टाँग अड़ाने की आदत है। वह एक गुलाबी आँखोंवाली,

सफेद नेवले सी लग रही थी। फिर उसने सास की ओर देखा, वह एक जमींदार लग रही थी। उसने उन सभी बच्चों को, जो उससे नफरत करते थे, को धन्यवाद कहा। सब पीने लग गए। पार्टी खत्म हो गई थी।

"ओह, राजा लैपिन! अगर इस वक्त तुम्हरी नाक नहीं हिलती, तो मैं फँस जाती।" उसने कहा।

"लेकिन तुम सुरक्षित हो।" राजा लैपिन ने कहा।

" काफी सुरक्षित।" उसने जवाब दिया।

समय बीतता गया—एक साल, दो साल। एक दिन इसी पार्टी की सालगिरह थी, लेकिन श्रीमती रेगीनाल्ड थोबर्न नहीं रही थीं। घर किराए पर था, सिर्फ एक देखभाल करनेवाला था। अरनेस्ट घर आ गया था। रोसालिंड आग के सामने बैठकर सिलाई कर रही थी। यह दक्षिण फैसिंगटन में एक छोटा सा घर था।

"तुम्हें पता है आज मेरे साथ क्या हुआ ? मैं नदी पार कर रही थी, कि···" रोसालिंड ने कहा।

समय बीतता गया—एक साल, दो साल। एक दिन इसी पार्टी की सालगिरह थी, लेकिन श्रीमती रेगीनाल्ड थोबर्न नहीं रही थीं। घर किराए पर था, सिर्फ एक देखभाल करनेवाला था। अरनेस्ट घर आ गया था। रोसालिंड आग के सामने बैठकर सिलाई कर रही थी। यह दक्षिण फैसिंगटन में एक छोटा सा घर था।
"तुम्हें पता है आज मेरे साथ क्या हुआ ? मैं नदी पार कर रही थी, कि···" रोसालिंड ने कहा।

"कौन सी नदी ?"

"नीचेवाली नदी, जहाँ हमारी लकड़ी काली लकड़ी से मिल जाती है।"

"तुम क्या कह रही हो ?"

"अरनेस्ट, राजा लैपिन!" उसे अरनेस्ट से राजा बनने में 5 मिनट लग गए। 15 मिनट बाद उसकी नाक फिर से हिलने लगी और उन्होंने पूरी शाम ऐसे ही निकाली।

रात को उसे नींद नहीं आई। वह एकदम ठंडी पड़ चुकी थी, वह हिल भी नहीं पा रही थी। अरनेस्ट खर्राटे ले रहा था। आज उनके शादी का दिन था।

"लैपिन, राजा लैपिन! उठो!" उसने कहा।

अरनेस्ट उठकर बैठ गया।

"क्या हुआ ?"

"मुझे लगा, मेरा खरगोश मर गया है।" अरनेस्ट को गुस्सा आया।

"बकवास मत करो, सो जाओ!"

वह खर्राटे मारता हुआ सो गया।

रात को उसे नींद नहीं आई। वह एकदम ठंडी पड़ चुकी थी, वह हिल भी नहीं पा रही थी। अरनेस्ट खर्राटे ले रहा था। आज उनके शादी का दिन था।

"लैपिन, राजा लैपिन! उठो!" उसने कहा।

अरनेस्ट उठकर बैठ गया।

"क्या हुआ ?"

"मुझे लगा, मेरा खरगोश मर गया है।" अरनेस्ट को गुस्सा आया।

"बकवास मत करो, सो जाओ!"

वह खर्राटे मारता हुआ सो गया।

वह जागती रही। एक महिला खरगोश की तरह लेटी रही, जब तक कि नौकरानी चाय नहीं ले आई। बत्ती जल ही रही थी।

अगले दिन उसे ऐसा लग रहा था, मानो सबकुछ सिकुड़ गया हो। वह भी कोठरी थी। वह इतिहास संग्रहालय गई, वह जगह, जो उसे

बचपन से पसंद थी। वहाँ उसने एक शीशे का बना खरगोश देखा। घर आकर वह भी आग के पास यों ही अँधेरे में बैठ गई। गोली चलने की आवाज आई तो वह डर गई। यह अरनेस्ट था, जो द्वार खोल रहा था।

"अँधेरे में!"

"ओह, अरनेस्ट!"

"क्या हुआ?"

"लैपिनोवा, वह जा चुकी है। मैंने उसे खो दिया है!"

"ओह, तो यह बात है? हाँ, बेचारी लैपिनोवा! फँस गई होगी, मर चुकी होगी···" तो यह उस शादी का अंत था।

□

बॉण्ड गली में मिसेज डैलोवे

मिसेज डैलोवे ने कहा कि वे दस्ताने खुद चुन लेंगी।

जैसे ही मिसेज डैलोवे बॉण्ड गली में आईं, बिग बैन बजा। ग्यारह बजे थे और वह अप्रयुक्त घंटा इस प्रकार ताजा लग रहा था, मानो समुद्र-तट पर बच्चे होते हैं, लेकिन उस दोहराई जानेवाली टनटन में, पहियों की आवाज में व कदमों के घसीटे जाने में कुछ अलग था।

इसमें कोई शक नहीं है कि वे सब खुशियों से भरे नहीं थे। हम वेस्टमिनिस्टर की गलियों में घूमते हैं, इससे बढ़कर भी हमारे लिए कहे जाने के लिए बहुत कुछ है। बिग बैन भी स्टील के डंडों के सिवा कुछ नहीं हैं। सिर्फ मिसेज डैलोवे के लिए वह क्षण पूरा था, क्योंकि उनके लिए जून ताजा था। एक हँसमुख बचपन और यह सिर्फ उसकी बेटियों के लिए नहीं था कि जस्टिन पैरी एक अच्छा व्यक्ति लगता था, शाम को खिलनेवाले फूल ऊपर से उड़नेवाले कौओं की काँव-काँव अक्तूबर की हवाओं में से बचपन की जगह कुछ नहीं ले सकता। एक पुदीने की पत्ती उसे वापस ले आती है या नीले रंग की रिंग कप के साथ, तो वह बचपन को वापस ले आती है।

'बेचारी छोटी, मनहूस बच्चियाँ!', उसने सोचा और आगे बढ़ गई। ओह, घोड़े की नाक के बिल्कुल नीचे, तुम राक्षसो! वह वहीं हाथ बाहर निकालते रही, जबकि जिम्मी डाव्स दूसरी ओर से हँस रहा था।

वह एक करिश्माई औरत थी, संतुलित, उत्सुक व उसके गुलाबी गालों के लिए यह अजीब लग रहा था कि उसके बाल सफेद थे, तो स्कोप परविस ने उसे तब देखा, जब वह अपने कार्यालय जा रहा था। वह बर्ट हैन की गाड़ी के जाने के लिए रुकी। गर्व ने उसे सीधे खड़े रहने, अनुशासन से रहने में तथा दर्द के साथ रहने में मदद की। वह पिछली रात मिली मिसेज फोक्सक्रोफ्ट के बारे में सोच रही थी। वह परेशान थी, क्योंकि उस अच्छे लड़के की मृत्यु हो चुकी थी और अब उस बूढ़े व्यक्ति का घर उसके भाई-बहनों के पास जाएगा।

वह एक करिश्माई औरत थी, संतुलित, उत्सुक व उसके गुलाबी गालों के लिए यह अजीब लग रहा था कि उसके बाल सफेद थे, तो स्कोप परविस ने उसे तब देखा, जब वह अपने कार्यालय जा रहा था। वह बर्ट हैन की गाड़ी के जाने के लिए रुकी। गर्व ने उसे सीधे खड़े रहने, अनुशासन से रहने में तथा दर्द के साथ रहने में मदद की।

"सुप्रभात तुम्हें!" ह्यूग विटब्रेड ने, चाइना की दुकान से अपनी टोपी अजीब ढंग से उठाते हुए कहा, क्योंकि वे दोनों एक-दूसरे को बचपन से जानते थे, "तुम कहाँ जा रही हो?"

"मुझे लंदन में चलना बहुत पसंद है, सच में यह गाँव में चलने से बेहतर है!" मिसेज डैलोवे ने कहा।

"हम तो अभी आए हैं, बदकिस्मती से चिकित्सक से मिलने।" ह्यूग विटब्रेड ने कहा।

"मिल्ली?" मिसेज डैलोवे ने कहा।

"अस्वस्थ है, " ह्यूग विटब्रेड ने कहा," डिक ठीक है?"

"बिल्कुल ठीक!" क्लारिस्सा ने कहा।

'जरूर', उसने चलते हुए सोचा कि मिल्ली उसकी उम्र की ही है—पचास, बावन तक की। ह्यूग के कहने के ढंग से ही लग रहा था। लग रहा था कि—प्रिय वृद्ध ह्यूग, मिसेज डैलोवे ने सोचा, भावनापूर्वक, कि कितना शरमाते हुए, भाई की तरह—कोई किसी के भाई से बोलने की बजाय, किसी की मृत्यु ही हो जाएगी। महिलाएँ संसद् में कैसे बैठ सकती हैं? वे पुरुषों के साथ काम कैसे कर सकती हैं? क्योंकि इन कुछ लोगों की ऐसी मानसिकता है, जिससे आप पीछा नहीं छुड़ा सकते और कोशिश करने का कोई फायदा नहीं है। ह्यूग जैसे व्यक्ति इसकी इज्जत करते हैं, जिसे हर कोई पसंद करता है, क्लारिसा ने सोचा, वृद्ध ह्यूग में।

'जरूर', उसने चलते हुए सोचा कि मिल्ली उसकी उम्र की ही है—पचास, बावन तक की। ह्यूग के कहने के ढंग से ही लग रहा था। लग रहा था कि—प्रिय वृद्ध ह्यूग, मिसेज डैलोवे ने सोचा, भावनापूर्वक, कि कितना शरमाते हुए, भाई की तरह—कोई किसी के भाई से बोलने की बजाय, किसी की मृत्यु ही हो जाएगी। महिलाएँ संसद् में कैसे बैठ सकती हैं? वे पुरुषों के साथ काम कैसे कर सकती हैं?

वह एडमिराल्टा आर्क से गुजर रही थी, जब उसने विक्टोरिया के सफेद टीले व पतले पेड़ देखे। विक्टोरिया की ममता, उसका घरेलू होना, हमेशा हास्यास्पद होना, मिसेज डैलोवे ने सोचा, कैनसिंगटन के बगीचों को याद करते एवं उस औरत को याद करते हुए, जिसे दाई ने रानी को सीधे खड़े रहकर नमन करने को कहा था। महल के ऊपर झंडा लहरा रहा था। राजा-रानी तब तक वापस आ गए थे। डिक उसे अगले दिन खाने पर मिला था—एक बहुत ही अच्छी महिला। यह गरीबों व सैनिकों के लिए बहुत ही ज्यादा महत्त्वपूर्ण है—क्लारिस्सा

ने सोचा। पीतल का बना एक आदमी अपने बाएँ हाथ में बंदूक लिये स्तंभपद पर खड़ा था—दक्षिण अफ्रीका के युद्ध का दृश्य। बकिंघम महल से गुजरते हुए मिसेज डैलोवे ने सोचा। वह सूरज की रोशनी में खड़ा था। उसका चरित्र अलग था, जैसा जाति में अभी तक पैदा नहीं हुआ था, उसने सोचा और इस बात की भारतीय लोग इज्जत करते हैं। क्लारिस्सा महल की ओर देखकर सोचने लगी कि इंग्लैंड की रानी अस्पतालों में, खुले बाजारों में जाती होगी। उसी समय द्वार से एक मोटरगाड़ी गई, सैनिकों ने सलाम किया और द्वार बंद कर दिए गए। क्लारिस्सा सड़क पार करते हुए पार्क में गई।

वह सूरज की रोशनी में खड़ा था। उसका चरित्र अलग था, जैसा जाति में अभी तक पैदा नहीं हुआ था, उसने सोचा और इस बात की भारतीय लोग इज्जत करते हैं। क्लारिस्सा महल की ओर देखकर सोचने लगी कि इंग्लैंड की रानी अस्पतालों में, खुले बाजारों में जाती होगी। उसी समय द्वार से एक मोटरगाड़ी गई, सैनिकों ने सलाम किया और द्वार बंद कर दिए गए।

जून ने पेड़ों की सारी पत्तियाँ निकाल दी थीं। वेस्टमिनिस्टर की माताएँ अपने बच्चों को दूध पिला रही थीं। इज्जतवाली लड़कियाँ घास पर लेटी थीं। एक वृद्ध आदमी ने एक मुड़ा-तुड़ा अखबार उठाया व उसे सीधा करके उड़ा दिया। कितना डरावना था वह!

पिछली रात दूतावास में डिगटन महोदय ने कहा था कि "अगर मुझे कोई चाहिए होगा, जो मेरे घोड़े को पकड़े तो मैं बस हाथ खड़ा करूँगा। महोदय डिगटन ने कहा कि धार्मिक प्रश्न अर्थशास्त्रिक प्रश्न से बहुत बढ़कर है तथा यह बात उसे बड़ी अजीब लगी, क्योंकि डिगटन महोदय जैसे इनसान यह कह रहे थे। "ओह, इस देश को कभी पता नहीं चलेगा कि इसने क्या खोया

है!" प्रिय जैसे स्टेवार्ट के साथ अपने समझौते को लेकर उसने कहा।

वह उस छोटी घाटी पर धीरे-धीरे चढ़ी। हवा तेज थी। संदेशे बेड़े से एडमिराल्टी के पास जा रहे थे। ऐसा लग रहा था, मानो पिक्काडली, अरलिंगटन सड़क एवं मॉल पार्क की हवा को मसल रहे थे, जिसे क्लारिस्सा बहुत पसंद कर रही थी। घुड़सवारी करना, नृत्य करना, उसे यह सब पसंद था। देश में चलना, घूमना, किताबों के बारे में बोलना, लोगों की जिंदगियों के बारे में बोलना, क्योंकि युवा लोग बिल्कुल दंभी थे—ओह, वे चीजें, जिसके बारे में किसी ने कहा था, लेकिन किसी की अवधारणा थी। बीच की उम्र तो मानो राक्षस होती है, लेकिन जैक यह कभी नहीं समझेगा, क्योंकि उसने कभी मृत्यु के बारे में नहीं सोचा था। वे कहते थे कि उसे पता है कि वह मर रहा है। उसने सोचा और अब वे कभी विलाप नहीं कर सकते हैं—ऐसे कैसे चलेगा? बाल सफेद हो रहे थे···दुनिया के दागों से छूत···पहले एक-दो कप पी चुके थे···दुनिया के छूते दागों से! उसने अपने आपको सीधा खड़ा रखा।

वह उस छोटी घाटी पर धीरे-धीरे चढ़ी। हवा तेज थी। संदेशे बेड़े से एडमिराल्टी के पास जा रहे थे। ऐसा लग रहा था, मानो पिक्काडली, अरलिंगटन सड़क एवं मॉल पार्क की हवा को मसल रहे थे, जिसे क्लारिस्सा बहुत पसंद कर रही थी। घुड़सवारी करना, नृत्य करना, उसे यह सब पसंद था।

लेकिन जैक कैसे चिल्लाया होगा! पिक्काडली में शैली को कहते हुए, "तुम्हें एक पिन चाहिए!" उसने कहा होगा। उसे गंदी, पुराने ढंग की औरतें पसंद नहीं थीं। "हे भगवान् क्लारिस्सा! हे भगवान् क्लारिस्सा! वह अब उसे डेवोनशायर हाउस पार्टी पर सुन सकती थी। क्लारिस्सा ने अपने आपको मजबूत बनाए रखा, जब वह पिक्काडली में थी, घर के आगे से

निकलते हुए, क्लब की उन खिड़कियों के बाहर से निकलते हुए, जिन पर अखबार उगे हुए थे। ब्रूडेटक्लूट के घर के बाहर से निकलते हुए, जहाँ वह सफेद तोता लटका रहता था, जहाँ उसने याद आया कि डिक ने उसे मिसेज जैपसन के यहाँ एक कार्ड रखने को कहा था, नहीं तो वह चली जाएगी। अमीर अमेरिकन भी करिश्माई हो सकते हैं। वहाँ जेम्स का महल था और अब उसने बॉण्ड गली पार कर ली थी। वह हायार्ड की किताबों की दुकानों के पास पहुँची थी। यह प्रवाह अनंत था। लॉड्र्स, एस्कॉट, हरलिंघम—यह सब क्या था? 'क्या बत्तक है' उसने सोचा, एक किताब के पहले पृष्ठ को देखते हुए और वहाँ वह बेतुकी किताब थी, 'सोपी स्पोंज', जिसे जिम आँगन में पढ़ता था तथा शेक्सपीयर के चतुर्दश-पदीयाँ। उसे वे दिल से याद थे। फिल और वह पूरी रात उस औरत के बारे में बात करते रहे तथा डिक ने रात को भोजन करते समय बोल दिया कि उसने उसके बारे में सुना भी नहीं था। सच में उसने उसके साथ शादी इसलिए की थी। उसने कभी शेक्सपीयर की किताबें नहीं पढ़ी थीं। कोई सस्ती सी किताब तो होगी, जो वह मिल्ली के लिए खरीद सके—क्रानफार्ड, जरूर। क्या कभी पेटीकोट में गायों से ज्यादा कुछ करामाती हो सकता है? सिर्फ तभी, अगर लोग इतने हास्यास्पद होते, उनमें इतना आत्मसम्मान होता, क्लारिस्सा ने सोचा, क्योंकि वह उन चौड़े पन्नों को याद कर रही थी। वाक्यों को,

वह हायार्ड की किताबों की दुकानों के पास पहुँची थी। यह प्रवाह अनंत था। लॉड्र्स, एस्कॉट, हरलिंघम—यह सब क्या था? 'क्या बत्तक है' उसने सोचा, एक किताब के पहले पृष्ठ को देखते हुए और वहाँ वह बेतुकी किताब थी, 'सोपी स्पोंज', जिसे जिम आँगन में पढ़ता था तथा शेक्सपीयर के चतुर्दश-पदीयाँ। उसे वे दिल से याद थे।

पात्रों को उनके बारे में इस तरह बताया जा रहा था, मानो वे असली हों। सभी महान् चीजों के लिए एक व्यक्ति को अतीत में जाना चाहिए, उसने सोचा। दुनिया के दागों से धीरे-धीरे छूत होते हुए···सूरज की गरमाहट से बिना डरे···और अब कभी शोक नहीं मना सकते थे, कभी शोक नहीं मना सकते थे, उसने दोहराया, जब वह खिड़की के बाहर देख रही थी तथा सोच रही थी कि नए युग के कवियों ने कभी भी मृत्यु के बारे में कुछ नहीं लिखा; यह सोचते-सोचते वह मुड़ गई।

ओमनी बसें मोटर गाड़ियों के साथ जुड़ गईं, मोटर गाड़ियाँ वैनों के साथ, वैनें टैक्सीकैबों के साथ, टैक्सीकैबें मोटर गाड़ियों के साथ, और यहाँ एक मोटरगाड़ी एक अकेली लड़की के साथ थी। हालाँकि वह गाड़ी के कोने में आधी नींद में पड़ी हुई थी, परंतु तब भी नृत्य करने की वजह से चार बजे तक उसके पाँव हिल रहे थे। एक और गाड़ी आई, फिर एक और। नहीं! नहीं! नहीं!

ओमनी बसें मोटर गाड़ियों के साथ जुड़ गईं, मोटर गाड़ियाँ वैनों के साथ, वैनें टैक्सीकैबों के साथ, टैक्सीकैबें मोटर गाड़ियों के साथ, और यहाँ एक मोटरगाड़ी एक अकेली लड़की के साथ थी। हालाँकि वह गाड़ी के कोने में आधी नींद में पड़ी हुई थी, परंतु तब भी नृत्य करने की वजह से चार बजे तक उसके पाँव हिल रहे थे। एक और गाड़ी आई, फिर एक और। नहीं! नहीं! नहीं!

क्लारिस्सा अच्छे व्यवहार में मुसकराई। उस मोटी औरत ने हर तरह की मुश्किलें उठा ली थीं, लेकिन डायमंड! औरकिड! वह भी इतनी सुबह के समय। नहीं-नहीं! जब वक्त आएगा, तब वह अच्छा पुलिसवाला भी अपने हाथ खड़े कर लेगा। एक और मोटरगाड़ी निकली। कितना बेकार लग रहा था। उस उम्र की एक लड़की को अपनी आँखों के आसपास

काला रंग क्यों करना चाहिए? और एक युवक इस वक्त एक युवती के साथ, जब पूरा देश—उस पुलिसवाले ने अपना हाथ उठाया व क्लारिस्सा ने उसका इशारा समझकर बॉण्ड गली की ओर सड़क पार की। उसने वह पतली सड़क देखी, वे पीले विज्ञापन देखे तथा वे टेलीग्राफ की तारें देखीं, जो आसमान में फैली हुई थीं।

सदियों पहले उसके परदादाजी सेम्यूर पैरी, जो कॉन्वे की बेटी के साथ भागे थे, वे भी बॉण्ड गली से गए थे। सदियों पहले जब पैरी बॉण्ड गली से गुजरे थे, तब शायद वह डैलोवे से भी मिले हों। उसके पिता अपने कपड़े घाटी से लाते थे। खिड़की पर एक कपड़े का रोल पड़ा था और इस काली मेज पर बस एक ही डिब्बा, बहुत महँगा, बिल्कुल वैसे ही, जैसे मछली बेचनेवाले की बर्फ की सिल्ली पर गुलाबी रंग का सैल्मन होता है। गहने भी कीमती थे—गुलाबी व नारंगी सितारे, उसने सोचा, पुराने सोने की मालाएँ, सितारेवाले बक्कल व ऐसे ब्रोच, जो अच्छे घर की औरतें हरे रंग के साटन के कपड़ों के साथ पहनती हैं, लेकिन वह अच्छा नहीं लग रहा था। व्यक्ति को पैसे जरूर बचाने चाहिए। उसे उन चित्रों के विक्रेता के पास जरूर जाना चाहिए, जहाँ कुछ पुराने फ्रैंच चित्र लटके होते थे। अगर आप चित्रों के साथ रहते हैं (किताबों व संगीत के

सदियों पहले उसके परदादाजी सेम्यूर पैरी, जो कॉन्वे की बेटी के साथ भागे थे, वे भी बॉण्ड गली से गए थे। सदियों पहले जब पैरी बॉण्ड गली से गुजरे थे, तब शायद वह डैलोवे से भी मिले हों। उसके पिता अपने कपड़े घाटी से लाते थे। खिड़की पर एक कपड़े का रोल पड़ा था और इस काली मेज पर बस एक ही डिब्बा, बहुत महँगा, बिल्कुल वैसे ही, जैसे मछली बेचनेवाले की बर्फ की सिल्ली पर गुलाबी रंग का सैल्मन होता है।

साथ भी), तो उन्हें मजाक में नहीं लिया जा सकता, क्लारिस्सा ने सोचा।

बॉण्ड गली की नदी भरी हुई थी। वहाँ एक रानी की तरह पली-बड़ी एक औरत टूर्नामेंट पर थी, बैक्सबोरोग। वह अकेली, चश्मे में से बाहर देखती हुई अपनी बग्घी में बैठ गई। उसकी कलाई पर वह सफेद दस्ताना ढीला था। वह काले रंग की ड्रेस में थी, लेकिन इतने आत्मसम्मान में कि कोई उसके बारे में कुछ बातें न कर पाएँ और क्लारिस्सा वैसी बनने के लिए कुछ भी कर सकती है। क्लेयरफील्ड की महारानी बनने के लिए एवं राजनीति को बिल्कुल एक आदमी की तरह बातचीत करने के लिए, लेकिन उससे बात करने का कोई फायदा नहीं था और उस बूढ़े आदमी ने बताया कि वह इन सबसे थक गई है, क्लारिस्सा ने सोचा और जैसे ही वह दुकान में गई, सच में उसकी आँखों में आँसू आ गए।

बॉण्ड गली की नदी भरी हुई थी। वहाँ एक रानी की तरह पली-बड़ी एक औरत टूर्नामेंट पर थी, बैक्सबोरोग। वह अकेली, चश्मे में से बाहर देखती हुई अपनी बग्घी में बैठ गई। उसकी कलाई पर वह सफेद दस्ताना ढीला था। वह काले रंग की ड्रेस में थी, लेकिन इतने आत्मसम्मान में कि कोई उसके बारे में कुछ बातें न कर पाएँ और क्लारिस्सा वैसी बनने के लिए कुछ भी कर सकती है।

"सुप्रभात!" क्लारिस्सा ने अपनी करिश्माई आवाज में कहा। "दस्ताने," उसने अपने बटन खोलते हुए कहा। कोहनी के ऊपर तक के "सफेद दस्ताने" उसने दुकानदार की ओर देखते हुए कहा, लेकिन यह वह लड़की नहीं थी, जो उसे याद थी? उसने कहा, "ये फिट नहीं हो रहे हैं।" दुकानदार ने कहा, "मैडम, आप कंगन पहनती हैं?" "यह मेरी अँगूठियाँ हैं।" क्लारिस्सा ने जवाब दिया।

'अगर यह वही लड़की है तो यह 20 साल बड़ी है…' क्लारिस्सा ने सोचा।

अगर ज्यादा समय बीता हो तो वे लोग भी आ जाएँगे, जो क्लारिस्सा को पसंद नहीं।

"एक औरत की पहचान उसके दस्तानों व उसके जूतों से ही होती है।" अंकल विलियम कहते थे। आखिरकार वह काउंटर पर गई व बोली, "क्या तुम्हें याद है, युद्ध से पहले तुम्हारे पास मोतीवाले दस्ताने हुआ करते थे?"

"एक औरत की पहचान उसके दस्तानों व उसके जूतों से ही होती है।" अंकल विलियम कहते थे। आखिरकार वह काउंटर पर गई व बोली, "क्या तुम्हें याद है, युद्ध से पहले तुम्हारे पास मोतीवाले दस्ताने हुआ करते थे?"

"फ्रेंच दस्ताने, मैडम?"

"हाँ, वे फ्रेंच थे।" क्लारिस्सा ने कहा।

"फ्रेंच दस्ताने, मैडम?"

"हाँ, वे फ्रेंच थे।" क्लारिस्सा ने कहा।

"मैडम के हाथ पतले हैं।" लड़की ने कहा। दस्ताने मिल तो गए, लेकिन छोटे थे।

"तुम खड़े-खड़े थक नहीं जाती? तुम्हें छुट्टी कब मिलती है?" क्लारिस्सा ने पूछा।

"सितंबर में, मैडम।"

'जब हम देश में होते हैं, तब वह 15 दिनों के लिए ब्राईटन के किसी घर में होती है और आजकल लोगों को भगवान् में विश्वास नहीं रहा।' क्लारिस्सा ने सोचा।

एक ग्राहक ऊपर आया।

"सफेद दस्ताने।" उसने कहा। उसकी अँगूठी क्लारिस्सा ने देखी हुई थी। क्लारिस्सा ने दस्ताने अपने हाथ में लिये।

“30 शिलिंग, मैम! नहीं-नहीं, माफ करिए, 35 शिलिंग।” दुकानदार ने कहा।

“लेकिन 2 पाउंड 10 तो बहुत ज्यादा है।”

“युद्ध के बाद से दस्ताने काफी महँगे हो गए हैं, मैडम।” दुकानदार ने कहा।

क्लारिस्सा उस लड़की के बारे में सोचती रही। युद्ध में काफी लोग मरे थे।

5 बजकर 15 मीनट हो गए थे। उसे दस्ताने तो मिल गए थे पर अब वह सोच रही थी कि रेजगी लाने में 25 मिनट लगा देगी। क्या मैं यहाँ सुबह तक बैठी रहूँ!

गली में बड़ा धमाका हुआ। दुकानदार लड़की काउंटर के पीछे छिप गई, लेकिन क्लरिस्सा, जो सीधी बैठी हुई थी, दूसरी औरत को देखकर मुसकुरा रही थी। “कुमारी एंस्टूयर!” वह चिल्लाई।

□

एक समाज

यह ऐसे हुआ। हममें से छह–सात लोग चाय पीकर बैठे थे। हममें से कुछ सामने वाली दुकान की खिड़की में सुनहरी चप्पलों पर पड़ती हुई रोशनी को देख रहे थे। बाकी लोग चाय की ट्रे पर चीनी के पहाड़ बना रहे थे। कुछ समय बाद हम पुरुषों की तारीफें करने लगे—वे कितने बलशाली, कितने अच्छे होते हैं। हम उनसे कितनी नफरत करते थे, जो किसी भी तरह एक ही इनसान के साथ जिदंगी गुजारते थे। यह तब हुआ, जब पॉल, जिसने कुछ नहीं कहा था, रोने लग गया। पॉल हमेशा से चालाक था। उसके पिता ने उसकी किस्मत अपनी वसीयत में छोड़ी थी, लेकिन इस शर्त पर कि लंदन के पुस्तकालय की सभी पुस्तकें उसने पढ़ी हों। हम उसे जितनी तसल्ली दे सकते थे, हमने दी, लेकिन हम जानते थे कि यह कितना मुश्किल था। हालाँकि हम भी उसे पसंद करते थे। न तो वह सुंदर थी, न उसके फीते बँधे होते थे और उसे ऐसा लगता था कि कोई भी उससे शादी नहीं करेगा। आखिर में उसके आँसू सूख गए। कुछ समय तक हम नहीं समझ पाए कि वह क्या कह रही थी! उसने हमें बताया, जो कि हम जानते ही थे कि उसका ज्यादातर समय लंदन की लाइब्रेरी में ही गुजरता था। अब वह और नहीं पढ़ सकती थी। "किताबें, सबसे ज्यादा बुरी चीजें होती हैं।" जरूर हम चिल्ला रहे थे कि किताबें शेक्सपीयर, मिल्टन और शैली ने लिखी हैं।

"हाँ, तुम्हें काफी पता है, लेकिन तुम लंदन की लाइब्रेरी के सदस्य नहीं हो।" उसने अपनी किताबों के ढेर में से 1 किताब खोली, 'एक खिड़की से' या 'एक बगीचे में,' जो कि बेनटन या हैनसन ने लिखी है। उसने पहले की कुछ पंक्तियाँ पढ़ीं। हम चुपचाप सुनते रहे। "लेकिन यह कोई किताब नहीं है?" किसी ने कहा। उसने दूसरी किताब उठा ली । इस बार यह इतिहास की थी। उसका एक शब्द भी सच नहीं लग रहा था।

"काव्य रचनाएँ! काव्य रचनाएँ!" हम चिल्लाए।

"हमें काव्य रचनाएँ सुनाओ!" मैं बता नहीं सकता, हमें कितनी वीरानी मिलती है। जैसे ही वह थोड़ा सा भी पढ़ना शुरू करती है।

"यह जरूर किसी महिला ने लिखी होगी!" हममें से किसी ने कहा।

"हाँ, तुम्हें काफी पता है, लेकिन तुम लंदन की लाइब्रेरी के सदस्य नहीं हो।" उसने अपनी किताबों के ढेर में से 1 किताब खोली, 'एक खिड़की से' या 'एक बगीचे में', जो कि बेनटन या हैनसन ने लिखी है। उसने पहले की कुछ पंक्तियाँ पढ़ीं। हम चुपचाप सुनते रहे। "लेकिन यह कोई किताब नहीं है?"

लेकिन नहीं। ऐसा नहीं था। उसने बताया कि यह तब के एक प्रसिद्ध व्यक्ति ने लिखी है। हम उससे मिन्नतें करते रहे कि वह और न पढ़े, पर वह हमें कुलपति की जिंदगियों के बारे में बताने लगी। जब उसने खत्म कर लिया था। जेन, हम सबमें सबसे बड़ा, उठा व उसकी बात से कोई एक सहमत नहीं है।

"क्यों? अगर मर्दों ने ऐसी बातें ही करनी होती हैं तो क्या हमारी माताओं को अपनी युवावस्था उन्हें इस दुनिया में लाने में गँवानी चाहिए?" उसने पूछा।

हम सब शांत थे और उस शांति में पॉल की आवाज सुनाई दे रही थी, "मेरे पिता ने मुझे पढ़ना क्यों सिखाया ?"

क्लोरिंडा पहली थी, जिसने कुछ बोला। "यह सब हमारी गलती है। हम मान चुके थे कि महिला होने के नाते हमें बच्चों को जन्म देना है। मेरी माँ ने 10 बच्चे जन्ने थे, दादी माँ ने 15 और मैं चाहती थी कि मैं 20 बच्चों को जन्म दूँ। हमने दुनिया को आबाद किया है तो हम समझते थे कि मर्दों ने सभ्य बनाया है। लेकिन अब, जब हम पढ़ सकते हैं तो हमें निर्णय लेने का हक भी है। दुनिया में एक बच्चे को लाने से पहले सोच लेना चाहिए कि उसके आने के बाद दुनिया कैसी रहेगी या कैसी दिखेगी!"

यह सब हमारी गलती है। हम मान चुके थे कि महिला होने के नाते हमें बच्चों को जन्म देना है। मेरी माँ ने 10 बच्चे जन्ने थे, दादी माँ ने 15 और मैं चाहती थी कि मैं 20 बच्चों को जन्म दूँ। हमने दुनिया को आबाद किया है तो हम समझते थे कि मर्दों ने सभ्य बनाया है। लेकिन अब, जब हम पढ़ सकते हैं तो हमें निर्णय लेने का हक भी है।

तो हमने अपना एक समाज बना लिया, जिसमें कि हर कोई प्रश्न पूछेगा। हममें से एक युद्ध के पुरुष के पास जाएगा, एक पढ़ाई में लगा रहेगा, एक व्यावसायिक लोगों की मीटिंग में जाएगा, जबकि सब ही किताबें पढ़ेंगे व गली में आँखें खोलकर रखेंगे। हम बहुत छोटे हैं। आप इसी से हमारी सरलता का अंदाजा लगा सकते हैं कि उस रात हमने सोच लिया था कि जिंदगी का मकसद है अच्छे लोग व अच्छी किताबें बनाना। हम यह देखेंगे कि आज तक पुरुष यह कितनी हद तक कर पाएँ हैं। हमने कसम खा ली थी कि हम तब तक किसी बच्चे को जन्म नहीं देंगे, जब तक हमें तसल्ली न हो।

हम सब निकल पड़े। कोई ब्रिटिश संग्रहालय के लिए, कोई जल सेना की ओर, तो कोई ऑक्सफोर्ड। हम शाही अकादमी पर गए थे। हमने नया संगीत सुना एवं नए नाटक देखे। कोई भी अपने जोड़ीदार से सवाल पूछे बिना खाना नहीं खाता था। अंतराल में हम सब मिलते थे।

ओह, वे कितनी अच्छी मीटिंग हुआ करती थीं। इतना मैं कभी नहीं हँसी, जितना तब, जब रोज ने 'इज्जत' पर अपने नोट्स पढ़े व बताया कि कैसे वह इथोपिया का युवराज बनकर जहाज पर कहीं जा रही थी। झूठ का पता लगने पर कैप्टन उसके पास गया व बोला, "इज्जत जरूर मिलनी चाहिए, लेकिन कैसे?" उसने पूछा। "कैसे? जरूर बेंत से!" उसने कहा। वह झुकी व उसे छह बार पीठ पर हलका-हलका मारा गया।

ओह, वे कितनी अच्छी मीटिंग हुआ करती थीं। इतना मैं कभी नहीं हँसी, जितना तब, जब रोज ने 'इज्जत' पर अपने नोट्स पढ़े व बताया कि कैसे वह इथोपिया का युवराज बनकर जहाज पर कहीं जा रही थी। झूठ का पता लगने पर कैप्टन उसके पास गया व बोला, "इज्जत जरूर मिलनी चाहिए, लेकिन कैसे?" उसने पूछा। "कैसे? जरूर बेंत से!"

"ब्रिटिश जल सेना का बदला पूरा हुआ!" विह चिल्लाया। वह उठी। "दूर हटो!"

मेरा सम्मान अभी बाकी है। अगर छह बार मारकर जल सेना का बदला पूरा हो गया हो, आम इनसान का बदला कितनी बार मारने से बंद होगा। उसने कहा कि वह अपने साथियों से बात करना चाहेगा। रोज ने कहा कि वह इंतजार नहीं कर सकती।

"मुझे देखने दीजिए। क्या आपके पिता की एक बग्घी थी या वह

घुड़सवारी करते थे?" उसने पूछा। "हमारे पास एक गधा था।" उसने कहा। "मेरी माँ का नाम…" वह कह रही थी। "कृपया अपनी माँ का नाम न बताएँ।" वह चिल्लाया। आखिर में वह अपनी बताई हुई जगह पर 4 डंडे खाने को तैयार हो गया। वह एक रेस्टोरेंट में गई, शराब पी, जिसके लिए वह पैसे देनेवाला था और चला गया।

फिर हमने फैनी की बात सुनी, जो न्यायालय गई थी। उसे यह लगा कि जज या तो लकड़ी के बने हैं या इनसान के भेष में जानवरों को बिठा रखा है। अपनी बात को जाँचने के लिए उसने एक रूमाल गिराया, वे देखने लगीं कि किसी में इतनी इनसानियत है या नहीं, लेकिन वह जो सुराग लाई थी, वे यही इशारा कर रहे थे कि जज पुरुष है, यह सोचना अन्याय है।

फिर हमने फैनी की बात सुनी, जो न्यायालय गई थी। उसे यह लगा कि जज या तो लकड़ी के बने हैं या इनसान के भेष में जानवरों को बिठा रखा है। अपनी बात को जाँचने के लिए उसने एक रूमाल गिराया, वे देखने लगीं कि किसी में इतनी इनसानियत है या नहीं, लेकिन वह जो सुराग लाई थी, वे यही इशारा कर रहे थे कि जज पुरुष है, यह सोचना अन्याय है।

हैलेन शाही अकादमी गई थी। जब उससे पूछा गया तो वह एक कविता गाने लग गई, "ओह! एक गायब हाथ की छुअन, एक रुकी हुई आवाज का बोलना। घर ही शिकारी है। पहाड़ी से दिखनेवाला घर। उसने अपनी लगाम हिलाई। प्यार अच्छा होता है, प्यार छोटा होता है। वसंत ही साल का राजा है। ओह! इंग्लैंड में रहो, क्योंकि अप्रैल आ चुका है। पुरुषों को काम करना चाहिए व महिलाओं को रोना चाहिए। काम ही महिमा का रास्ता है," हम इस अस्पष्ट उच्चारण को और नहीं सुन सकते थे।

"हमें और काव्य रचनाएँ नहीं चाहिए।" हम चिल्लाए।

"इंग्लैंड की बेटियाँ..." वह बोलने लगी, लेकिन हमने उस पर पानी गिराकर उसे चुप करा दिया।

"भगवान् का शुक्र है! अब मैं गलीचे पर घूम सकती हूँ। फिर तो..." उसने कहा। जब कास्टेलिया ने उसे रोका तो वह हमें बताने लगी कि नई तसवीरें कैसी लगती हैं।"

"एक तसवीर का आकार कितना होता है?" उसने पूछा। "शायद दो फीट भाग 2/1/2।" उसने बताया। कास्टालिया लिख रही थी। रोज उठी व कहने लगी, "तुम्हारे कहने पर मैं ऑक्सीब्रिज गई थी। मैं वहाँ दैनिक मजदूर बनकर रह रही थी। मैं प्रोफेसर के कमरे में जा सकती थी। ये प्रोफेसर मैदानों में बने बड़े घरों में रहते थे। तब भी उनके पास हर तरह का आराम था। उनके कागज अच्छी तरह से रखे जाते थे। न तो कोई बच्चे हैं, न ही कोई जानवर। बैठक में बहुत सारे पौधे थे। जब प्रोफेसर होबकिन बाहर थे, मैंने उनकी जिंदगी का काम देखा। उनकी किताब में ज्यादातर सैफो की शुद्धता के बारे में लिखा था। प्रोफेसर होबकिन काफी अच्छे वृद्ध व्यक्ति थे, लेकिन उन्हें शुद्धता के बारे में क्या पता हो सकता है?" हमने उन्हें गलत समझ लिया था।

तुम्हारे कहने पर मैं ऑक्सीब्रिज गई थी। मैं वहाँ दैनिक मजदूर बनकर रह रही थी। मैं प्रोफेसर के कमरे में जा सकती थी। ये प्रोफेसर मैदानों में बने बड़े घरों में रहते थे। तब भी उनके पास हर तरह का आराम था। उनके कागज अच्छी तरह से रखे जाते थे। न तो कोई बच्चे हैं, न ही कोई जानवर। बैठक में बहुत सारे पौधे थे। जब प्रोफेसर होबकिन बाहर थे, मैंने उनकी जिंदगी का काम देखा।

"नहीं-नहीं, वे जरूर एक सम्मानित आदमी होंगे! मेरी आंटी के कैक्टसों को शुद्धता के बारे में पता होगा क्या?" उसने कहा।

हमने उसे फिर कहा कि मुद्दे से न हटे! ऑक्सीब्रिज के प्रोफेसर अच्छे लोग या अच्छी किताबें बना पाते हैं या नहीं?

"मुझे कभी नहीं लगा कि वे कुछ बना सकेंगे!" उसने कहा।

"मुझे लगता है, तुमने कोई गलती कर दी है। प्रोफेसर होबकिन एक प्रसूतिशास्त्री हैं, न कि एक पंडित। एक पंडित काफी खुशमिजाज, काफी उदार होता है। आखिर वह इतने अच्छे लोगों के साथ तो रहता है।" स्यू ने कहा।

"मुझे कभी नहीं लगा कि वे कुछ बना सकेंगे!" उसने कहा।
"मुझे लगता है, तुमने कोई गलती कर दी है। प्रोफेसर हो बकिन एक प्रसूतिशास्त्री हैं, न कि एक पंडित। एक पंडित काफी खुशमिजाज, काफी उदार होता है। आखिर वह इतने अच्छे लोगों के साथ तो रहता है।" स्यू ने कहा।

"शायद मुझे वापस जाकर दोबारा कोशिश करनी चाहिए।" कास्टालिया ने कहा। लगभग तीन महीने बाद जब मैं अकेला बैठा था, तब कास्टालिया आई। मुझे नहीं पता क्यों? पर मैंने उसे गले लगा लिया। वह सुंदर तो थी ही, साथ-ही-साथ खुश भी लग रही थी।

"तुम कितनी खुश लग रही हो?" मैंने कहा।

"मैं ऑक्सीब्रिज पर थी।" उसने कहा।

"प्रश्न पूछ रही थी?"

"उनका जवाब दे रही थी।" उसने कहा।

"तुमने हमारी कसमें तो नहीं तोड़ी न?" मैंने पूछा।

"ओह, वह कसम? मेरा बच्चा होनेवाला है। तुम नहीं समझ सकते, यह कितना अच्छा लगत है।"

"क्या?" मैंने पूछा।

"सवालों का जवाब देना।" उसने कहा। उसने पूरी कहानी बताई।

"शुद्धता! शुद्धता! मेरी शुद्धता कहाँ है?" वह चिल्लाने लगी, रोने लगी।

जब तक उसका मानसिक संतुलन ठीक हुआ, मैं कमरे में पड़ी सरसों देखने लगा।

"तुम्हें उसके बारे में तीन महीने पहले सोचना चाहिए था।" मैंने जवाब दिया।

"यह सच है। वैसे यह बहुत मनहूस बात है कि मेरी माँ मुझे कास्टालिया बुलाती थी।" उसने कहा।

"ओह, कास्टालिया, तुम्हारी माँ··!" मैं बोल रहा था कि इतने में वह सरसों तक पहुँच गई।

"नहीं, नहीं, नहीं, अगर तुम एक पवित्र औरत होती तो तुम मुझे गले न लगाती। नहीं, कस्सांड्रा। हममें से कोई भी पवित्र नहीं है।" तो हम बातें करते रहे।

"सवालों का जवाब देना।" उसने कहा। उसने पूरी कहानी बताई। "शुद्धता! शुद्धता! मेरी शुद्धता कहाँ है?" वह चिल्लाने लगी, रोने लगी। जब तक उसका मानसिक संतुलन ठीक हुआ, मैं कमरे में पड़ी सरसों देखने लगा। "तुम्हें उसके बारे में तीन महीने पहले सोचना चाहिए था।" मैंने जवाब दिया।

कमरा भर रहा था, क्योंकि आज परीक्षाफल का दिन था। सबने कास्टालिया को चूमा व बताया कि वे उसे देखकर कितने खुश थे। जेन उठी व कहने लगी कि अब शायद हमें अपने-अपने मत देने चाहिए,

क्योंकि हमें प्रश्न पूछते हुए 5 साल से ज्यादा हो गया है। उसे लगता है कि परीक्षाफल दुविधा भरे होंगे। कास्टालिया ने मुझे कहा कि ऐसा नहीं था।

“वह उठी व जेन को टोकती हुई बोली इससे पहले कि तुम आगे बोलो, मैं पूछना चाहती थी कि क्या मैं इस कमरे में रह सकती हूँ? क्योंकि मैं एक अशुद्ध महिला हूँ।” उसने कहा, हर कोई उसे देख रहा था।”

“तुम्हें बच्चा होनेवाला है?” जेन ने पूछा।

उसने अपना सिर हिलाया।

सबके चेहरों पर आश्चर्य के भाव थे। कमरे से ‘कास्टालिया’, ‘बच्चा’, ‘अशुद्ध’, जैसी आवाजें आ रही थीं। जेन, जो खुद आश्चर्य से भर गई थी, सबसे पूछने लगी।

“क्या उसे जाना चाहिए? क्या वह अशुद्ध है?”

“तुम्हें बच्चा होनेवाला है?” जेन ने पूछा। उसने अपना सिर हिलाया। सबके चेहरों पर आश्चर्य के भाव थे। कमरे से ‘कास्टालिया’, ‘बच्चा’, ‘अशुद्ध’, जैसी आवाजें आ रही थीं। जेन, जो खुद आश्चर्य से भर गई थी, सबसे पूछने लगी। “क्या उसे जाना चाहिए? क्या वह अशुद्ध है?” कमरे में इतना शोर था कि शायद बाहर गली में भी आवाज जा रही होगी।

कमरे में इतना शोर था कि शायद बाहर गली में भी आवाज जा रही होगी।

“नहीं, नहीं, नहीं, उसे रहने दो! अशुद्ध?” मुझे लग रहा था कि 19-20 साल की लड़कियाँ शर्म के मारे कुछ बोल नहीं रही थीं कि तभी एक छोटी लड़की आई और कहने लगी।

"फिर शुद्धता है क्या? अर्थात् वह अच्छी है, बुरी है, या कुछ है ही नहीं?" उसने इतना धीरे जवाब दिया कि मैं सुन ही नहीं पाई।

"तुम जानती हो, मैं 10 मिनट के लिए तो आश्चर्यचकित हो गई थी।" किसी ने कहा।

"मेरे खयाल से शुद्धता कुछ नहीं, बल्कि दिमाग का अज्ञान है। हमें सिर्फ अशुद्ध लोगों को ही समाज में रखना चाहिए। मेरे मत में कास्टालिया को राष्ट्रपति होना चाहिए।" पॉल ने कहा, जो इतने समय से किताबें पढ़ रहा था।

इसके बारे में काफी झगड़े हुए।

पॉल ने कहा, "औरतों को शुद्ध व अशुद्ध में बाँटना गलत है। हममें से कुछ के पास तो चुनने का मौका भी नहीं होता।"

"वह सिर्फ 21 साल का है और बेहद खुबसूरत है।" कैस्सी ने कहा।

"मेरे खयाल से शुद्धता कुछ नहीं, बल्कि दिमाग का अज्ञान है। हमें सिर्फ अशुद्ध लोगों को ही समाज में रखना चाहिए। मेरे मत में कास्टालिया को राष्ट्रपति होना चाहिए।" पॉल ने कहा, जो इतने समय से किताबें पढ़ रहा था।

इसके बारे में काफी झगड़े हुए।

पॉल ने कहा, "औरतों को शुद्ध व अशुद्ध में बाँटना गलत है। हममें से कुछ के पास तो चुनने का मौका भी नहीं होता।"

"मेरा मानना है कि जो प्यार में हैं, उनके अलावा किसी को भी शुद्धता-अशुद्धता की बातें नहीं करनी चाहिए।" हैलेन ने कहा।

"ओह! मैं प्यार में नहीं हूँ, लेकिन सांसद के अधिनियम के अनुसार, वेश्याओं एवं कुमारिओं के बारे में अपना मत देना चाहता हूँ।" जुडिथ ने कहा।

उसने अपने एक प्रयोग के बारे में हमें बताया। इसमें संगीतकारों, चित्रकारों, कवियों आदि के रोगाणुओं को ट्यूब में रखा जाएगा, ताकि इनकी नस्ल खत्म न हो जाए और अगर महिलाए चाहें, तो वह बच्चों को जन्म दे सकती हैं।

"जरूर, हमें बच्चों को जन्म देना है।" कास्टालिया ने कहा।

"हम इसी के लिए मिले हैं, ताकि हम सोच सकें कि क्या हमें इनसानी नस्ल को आगे बढ़ाना है या नहीं। कास्टालिया ने तो अपना मन बना लिया। अब सोचने की बारी हमारी है।"

"हम इसी के लिए मिले हैं, ताकि हम सोच सकें कि क्या हमें इनसानी नस्ल को आगे बढ़ाना है या नहीं। कास्टालिया ने तो अपना मन बना लिया। अब सोचने की बारी हमारी है।" यहाँ, एक के बाद एक सभी अपना मत रख रहे थे। सभ्यता हमारी सोच से बहुत आगे थी। यह सब सुनते-सुनते हमारे होंठों से प्रशंसा के शब्द निकलने लगे।

यहाँ, एक के बाद एक सभी अपना मत रख रहे थे। सभ्यता हमारी सोच से बहुत आगे थी। यह सब सुनते-सुनते हमारे होंठों से प्रशंसा के शब्द निकलने लगे।

"हमें गर्व है कि हमारी माताओं ने अपनी युवावस्था इतने अच्छे काम के लिए छोड़ दी।" सबसे ज्यादा गर्व कास्टालिया को हो रहा था। फिर जेन के कहने पर हमने इंग्लैंड की जनसंख्या के बारे में सोचा, बच्चे पैदा करते समय महिलाओं की होनेवाली मौत के बारे में सोचा और ब्रिटेन की कॉलोनियाँ, तब जैसे कि भारत, अफ्रीका व आयरलैंड के बारे में भी। कास्टालिया को कुछ आरामदायक सा नहीं लग रहा था।

"हमें इस बात से किसी निर्णय पर नहीं पहुँचना चाहिए," उसने

कहा, "इतनी देर से हम जो बातें कर रहे थे, वे पैसों, हवाई-जहाजों के बारे में थीं, जबकि हमें मर्द व उनके काम के बारे में बात करनी चाहिए, क्योंकि यह मुद्‌दा उनपर ही आधारित है।"

अपने-अपने प्रश्नों का सभी कागज पर जवाब लाए थे। हम सहमत थे कि एक अच्छा आदमी किसी भी हाल में, सच्चा व मोह-माया से दूर होना चाहिए। क्या कैंसिंगटन रहने के लिए अच्छी जगह है? तुम्हारा बेटा या बेटी कहाँ पढ़ रहे हैं? तुम सिगार के लिए कितना देते हो? सीधे प्रश्नों की जगह ऐसे प्रश्नों से ज्यादा सीखने को मिलता है।" "मैं अपनी सहकर्मी को स्वीकार करता हूँ," लॉर्ड बंकम ने कहा, "क्योंकि मेरी पत्नी यह चाहती थी।" "न जाने कितने ही नाम इस वजह से स्वीकार किए गए हैं।" "24 में से 15 घंटे काम करना, जैसे मैं करता हूँ।" 10 हजार लड़के बोले।

अपने-अपने प्रश्नों का सभी कागज पर जवाब लाए थे। हम सहमत थे कि एक अच्छा आदमी किसी भी हाल में, सच्चा व मोह-माया से दूर होना चाहिए। क्या कैंसिंगटन रहने के लिए अच्छी जगह है? तुम्हारा बेटा या बेटी कहाँ पढ़ रहे हैं? तुम सिगार के लिए कितना देते हो? सीधे प्रश्नों की जगह ऐसे प्रश्नों से ज्यादा सीखने को मिलता है।

"नहीं, नहीं, न तो तुम लिख सकती हो, न ही पढ़ सकती हो, पर तुम इतनी मेहनत क्यों कर रही हो?" "वह भी एक बढ़ते हुए परिवार के साथ तुम्हारा परिवार क्यों बढ़ता है?" काफी कम लोग ऐसे प्रश्नों का उत्तर देते हैं व इन्हें ज्यादा अहमियत भी नहीं दी जाती थी।

"मर्द काफी घृणा करते हैं।" पॉल ने कहा।

"जरूर! मैं चित्रकार से कुछ प्रश्न पूछने गई, लेकिन कोई महिला

चित्रकार है ही नहीं। है क्या, पॉल?" एलानोर ने कहा।

"जेन, ऑस्टन, चार्लट, ब्रोंट, जॉर्ज, एलियट," पॉल आवाज लगा रहा था।

"ये महिलाएँ कितना पकाती हैं!" किसी ने कहा।

"सैफो के हिसाब से पहली श्रेणी की कोई महिला नहीं है।" एलानोर ने कहा। "एक बात तो पक्की हो गई। सैफो प्रोफेसर होबिकन का ही एक अशिष्ट आविष्कार है।" रूथ ने कहा। "महिलाएँ न कभी लिखती थीं, न कभी लिख सकती हैं। जब मैं लेखकों के पास जाती हूँ तो वे कभी भी अपनी किताबों के बारे में बात करते नहीं थकते।" ऐलानोर ने कहा।

"सैफो के हिसाब से पहली श्रेणी की कोई महिला नहीं है।" एलानोर ने कहा।

"एक बात तो पक्की हो गई। सैफो प्रोफेसर होबिकन का ही एक अशिष्ट आविष्कार है।" रूथ ने कहा।

"महिलाएँ न कभी लिखती थीं, न कभी लिख सकती हैं। जब मैं लेखकों के पास जाती हूँ तो वे कभी भी अपनी किताबों के बारे में बात करते नहीं थकते।" ऐलानोर ने कहा।

"इससे कुछ सिद्ध नहीं होता," जेन ने कहा, "लिज, अगली बारी तुम्हारी है।" ऐलिजाबेथ ने बताया कि वे एक मर्द के रूप में गई थीं।

"मैं पछिले 5 सालों से किताबें पढ़ रही हूँ। श्री वैल सबसे प्रसिद्ध लेखक हैं, फिर श्री अरनोल्ड बैनेट, श्री मक्केना तथा श्री वालपोल को साथ में रख सकते हैं।"

"पर तुमने हमें कुछ नहीं बताया। तुम्हारा मत कहाँ है? उनके हाथों में सुरक्षित?"

"सुरक्षित, बहुत सुरक्षित, और मुझे यकीन है, वे जितना लेते हैं, उससे ज्यादा ही हमें देते हैं।"

"पर क्या वे अच्छी किताबें लिखते हैं?"

"अच्छी किताबें? तुम भी जानते हो कि सबसे जरूरी है विद्या। इसके बिना तुम कुछ नहीं कर सकते।"

"इससे उसका क्या मतलब?"

"कुछ नहीं, कुछ नहीं, कुछ नहीं।"

"हमें सच बताओ!"

"सच? लेकिन वह अच्छा नहीं है। श्री चिट्टर पिछले 30 सालों से प्यार व गरम टोस्ट पर लेख लिख रहे हैं व उन्होंने अपने बेटे को ईटॉन भेजा है।"

"इससे उसका क्या मतलब?"
"कुछ नहीं, कुछ नहीं, कुछ नहीं।"
"हमें सच बताओ!"
"सच? लेकिन वह अच्छा नहीं है। श्री चिट्टर पिछले 30 सालों से प्यार व गरम टोस्ट पर लेख लिख रहे हैं व उन्होंने अपने बेटे को ईटॉन भेजा है।"

"सच्चाई!"

"ओह, सच्चाई, उसका लेख से कोई मतलब नहीं था।" और वह बैठ गई। हम सब दुविधा में थे।

जेन परीक्षाफल बोलने ही वाली थी कि—

"युद्ध! युद्ध! युद्ध!" गली में पुरुष चिल्ला रहे थे।

हमने एक-दूसरे को देखा।

"युद्ध, कौन सा युद्ध ? पुरुष युद्ध पर क्यों जाते हैं ?"

"कभी कुछ वजह से, कभी कुछ, जैसे 1760 में, 1797 में भी, 1804 में, 1866 में ऑस्ट्रीयन, 1990 में भी," पॉल ने बताया।

"लेकिन अभी 1914 है!"

"ओह, मुझे नहीं पता, वे युद्ध पर क्यों जा रहे हैं!"

शांति आ रही थी, मैं व कास्टालिया एक बार फिर उसी कमरे में थे। हम याद कर रहे थे कि हम 5 साल पहले क्या सोच रहे थे। "जीवन का मकसद अच्छे लोग व अच्छी किताबें बनाना।" हमने उस पर कुछ नहीं कहा। मैंने कहा, "हम कितने बेवकूफ थे।"

"ओह, मुझे नहीं पता, वे युद्ध पर क्यों जा रहे हैं!" शांति आ रही थी, मैं व कास्टालिया एक बार फिर उसी कमरे में थे। हम याद कर रहे थे कि हम 5 साल पहले क्या सोच रहे थे। "जीवन का मकसद अच्छे लोग व अच्छी किताबें बनाना।" हमने उस पर कुछ नहीं कहा। मैंने कहा, "हम कितने बेवकूफ थे।"

"मैंने कल एन्न को हाथ में अखबार लिये देखा। अब वह मुझसे पूछेगी कि क्या यह सच है ? मैं अपनी बेटी को कैसे समझाऊँ कि उसे किसी पर यकीन नहीं करना चाहिए ?" कास्टालिया ने कहा।

"तुम उसे यह जरूर सिखा सकती हो कि एक पुरुष का दिमाग महिला के दिमाग से तेज होता है ?" मैंने कहा। हम फिर पुरानी बातें याद करने लगे।

"काश, कोई ऐसा तरीका होता, जिससे मर्द भी बच्चों को जन्म दे सकते ?" कास्टालिया ने कहा।

"अब बहुत देर हो चुकी है।" मैंने कहा।

गली में मर्द रो रहे थे। अचानक आवाज आनी बंद हो गई। हम समझ गए कि शांति की संधि पर दस्तखत हो चुके हैं।

"मेरे बावर्ची अखबार ले आए होंगे। मुझे घर जाना चाहिए।" कास्टालिया ने कहा।

"इससे कुछ नहीं होगा। तुम्हें उसे बताना चाहिए कि उसे सिर्फ खुद में विश्वास करना चाहिए।" मैंने कहा।

"हाँ, यह बदलाव होगा।" कास्टालिया ने कहा।

हमने अपने समाज के सभी कागज लिये। एन्न अपनी गुड़िया के साथ खेल रही थी। हमने उसे समाज के ये सभी कागज एक उपहार के रूप में दिए और कहा कि तुम्हें भविष्य में इस समाज का राष्ट्रपति बनना है, जिसे सुनकर वह रो पड़ी।

□

होने के क्षण

"स्लेटर के पिनों में कोई नोक नहीं है।"

"स्लेटर के पिनों में कोई नोक नहीं होती, तुम्हें नहीं लगता?" कुमारी क्राय ने कहा, जब फैनी विलमोंट की पोशाक से गुलाब नीचे गिरा। फैनी अपनी संगीत से भरी गाड़ी को रोककर पिन ढूँढ़ने के लिए झुकी।

इन शब्दों ने उसे चौका दिया था, तब ही, जब कुमारी क्राय ने बाख लोप का आखिरी तार बजाया। "क्या कुमारी क्राय सच में स्लेटर से जाकर पिन खरीदती थीं?" उसनें अपने आप से पूछा, "क्या वे भी औरों की तरह काउंटर पर खड़ी होती थीं, क्या उन्हें भी औरों की तरह बिल में लपेटा हुआ ताँबा मिलता होगा, जिसे वह पर्स में डालकर 1 घंटे बाद घर आकर श्रृंगार-पटल के सामने खोलती होगी? उसे आखिर पिनों की जरूरत क्यों पड़ी? वह तो ज्यादा तैयार भी नहीं होती थी, बिल्कुल एक कीड़े की तरह जो अपने खोल में ही रहता था। सर्दियों में नीला व गरमियों में हरा। उसे पिनों की क्या जरूरत पड़ गई?" जूलिया क्राय, वह लड़की, जो बाख लोप की अपनी ही दुनिया में रहती थी, जो मन में आए, वह बजाती थी और सिर्फ आर्चर स्ट्रीट कॉलेज ऑफ म्यूजिक से ही नाता रखती थी। (जहाँ की प्राध्यापिका, कुमारी किंगस्टन कहती थीं) अपने लिए एक खास एहसान के रूप में, "उसके लिए हर तरीके से सबसे

ज्यादा प्रशंसा थी।" अपने भाई की मृत्यु पर कुमारी क्राय बुरी तरह से टूट चुकी थीं और इस बात से कुमारी किंगस्टन डरी हुई थीं। ओह, जब वह सैलिंसबर्ग में रहते थे, तब वे कितनी अच्छी चीजें किया करते थे। वह उसका भाई–जूलियस, एक बहुत जाना–माना पुरातत्त्ववेत्ता था। उनके साथ रहना एक बहुत बड़ा विशेषाधिकार है। कुमारी किंगस्टन ने कहा ("मेरा परिवार उन्हें हमेशा से जानता था, वे कैटरबेरी जाते रहते थे," कुमारी किंगस्ट ने कहा"), लेकिन एक बच्चे के लिए थोड़ा डरावना था। हमेशा ध्यान रखना पड़ता था कि कोई दरवाजा पीटा न करे या अचानक से कमरे में न आ जाए। कुमारी किंगस्टन, जो उसे थोड़े–बहुत चरित्रों के बारे में बताती रहती थी, अब मुसकुराई। हाँ, वह थोड़ी टॉमबॉय सी थी। क्राय उन बच्चों से ज्यादा नहीं मिले थे। उनमें से कोई भी शादीशुदा नहीं था। उन्होंने बिल्लियाँ रखी थीं तथा रोमन लोगों के बारे में उतना ही जानते थे, जितना बाकी सब।

अपने भाई की मृत्यु पर कुमारी क्राय बुरी तरह से टूट चुकी थीं और इस बात से कुमारी किंगस्टन डरी हुई थीं। ओह, जब वह सैलिंसबर्ग में रहते थे, तब वे कितनी अच्छी चीजें किया करते थे। वह उसका भाई–जूलियस, एक बहुत जाना–माना पुरातत्त्ववेत्ता था। उनके साथ रहना एक बहुत बड़ा विशेषाधिकार है।

"मैंने जितना जाना था, उससे भी ज्यादा।" अपने हाथ पर अपना नाम लिखते हुए, कुमारी किंगस्टन ने कहा "क्यों वह हमेशा से ही काफी व्यावहारिक थी। आखिरकार इसी से उनका जीवन बसर होता था।"

तभी फैनी विलमौट पिन ढूँढ़ते हुए कुमारी क्राय के कहे के बारे में सोचने लगी थी, "स्लेटर के पिनों में कोई नोक नहीं होती।" किसी भी क्राय की कभी शादी नहीं हुई थी। वह पिनों के बारे में कुछ नहीं जानती

थी। वह बस उस शीशे को तोड़ना चाहती थी, जो उन्हें औरों से अलग बनाता था। जब पौली किंगस्टन, वह छोटी बच्ची, दरवाजा पीटकर अंदर आई और रोम में बने फूलदान हिले तो जूलियस ने जब देखा कि खिड़की में पड़े फूलदान को कोई नुकसान नहीं हुआ है, पौली खेतों से जब घर जा रही थी, तब उसे उसी तरह से देख रहा था, जैसे उसकी बहन देखती थी।

जब पौली किंगस्टन, वह छोटी बच्ची, दरवाजा पीटकर अंदर आई और रोम में बने फूलदान हिले तो जूलियस ने जब देखा कि खिड़की में पड़े फूलदान को कोई नुकसान नहीं हुआ है, पौली खेतों से जब घर जा रही थी, तब उसे उसी तरह से देख रहा था, जैसे उसकी बहन देखती थी।

"तारे, सूरज, चाँद," मानो वह कह रहा हो, "आग, जंगल, खिड़की पर जमी बर्फ, मेरा दिल तुम्हारे पास है, लेकिन तुम टूट जाते हो, तुम चले जाते हो।" और उसने उसके मन की दोनों बातें कह डालीं, "मैं तुम तक पहुँच नहीं पा रहा। मैं तुम तक नहीं पहुँचा।" उसने कहा, चिड़चिड़ाहट में और तारे फीके हो गए एवं बच्चा चला गया। यही वह शीशा था, जिसे कुमारी क्राय तोड़ना चाहती थीं, बाख बजाते हुए अपने पसंदीदा विद्यार्थी के लिए तोहफे के रूप में (फैनी विलमौट जानती थी कि यह क्राय की पसंदीदा विद्यार्थी है) तथा वह दिखाना चाहती थी और लोगों की तरह कि पिनों के बारे में जानती है। स्लेटर के पिनों में बिल्कुल भी नोक नहीं होती।

हाँ, वह 'प्रसिद्ध पुरातत्त्ववेत्ता' भी ऐसा ही था। वह 'प्रसिद्ध पुरातत्त्ववेत्ता', जैसा कि वह कहती थीं, कुमारी किंगस्टन की आवाज में एक ऐसी अजीब सा सुर था, जो जूलियस क्राय की कुछ अजीब चीज की ओर इशारा कर रहा था। यह वह चीज थी, जो जूलिया में भी अजीब

थी। फैनी विलमौट जब उस पिन को ढूँढ़ रही थी, तब उसने सोचा कि पार्टियों में, बैठकों में, जब भी उसका नाम कहीं आता तो वह मुसकराया करती थी या उसके बारे में बात करना शुरू कर देती थी, जिससे कि उसे जूलियस क्राय का 'एहसास' होने लगता था। उसने इसके बारे में कभी किसी को कुछ नहीं बताया था। शायद उसे भी नहीं पता था कि इसका अर्थ क्या है, लेकिन जब भी वह जूलियस के बारे में कुछ बोलती थी या कहीं उसका नाम आता था तो वह उसके बारे में कुछ मोहक सा महसूस करती थी।

हुआ यह कि जब जूलिया संगीत की मेज पर बैठी थी, तब वह भी मुसकराकर देखने लगी। 'वह खेतों में है, वह खिड़की पर है, वह आसमान में भी है—खूबसूरती और मैं इस तक नहीं पहुँच सकती,' उसने कहा, 'इसे पाने के लिए पूरी दुनिया छोड़ने को तैयार हूँ! उसने फर्श पर गिरे लाल फूल को उठाया, जब फैनी पिन ढूँढ़ रही थी। उसने उसे मोड़ दिया। ऐसा लग रहा था, मानो उसकी उँगलियों की पकड़ से वह उस फूल को एक बार फिर से ताजा कर रही हो। जो चीज उसमें व उसके भाई में अजीब थी, वह यह थी कि जिस तरह से वे फूल को दबाते थे, ऐसा लगता था, मानो अपना गुस्सा उसपर उतार रहे हों। वह अभी भी उसे दबा रही थी, पर उसका पूरी तरह से आनंद नहीं ले रही थी।

इसे पाने के लिए पूरी दुनिया छोड़ने को तैयार हूँ! उसने फर्श पर गिरे लाल फूल को उठाया, जब फैनी पिन ढूँढ़ रही थी। उसने उसे मोड़ दिया। ऐसा लग रहा था, मानो उसकी उँगलियों की पकड़ से वह उस फूल को एक बार फिर से ताजा कर रही हो। जो चीज उसमें व उसके भाई में अजीब थी, वह यह थी कि जिस तरह से वे फूल को दबाते थे, ऐसा लगता था, मानो अपना गुस्सा उसपर उतार रहे हों।

फैनी विलमौट ने याद किया कि किसी भी क्राय ने शादी नहीं की थी। उसने याद किया कि एक दिन जब कक्षा ज्यादा देर चली थी और अँधेरा हो गया था, तब किस तरह जूलिया क्राय ने कहा था कि लड़कों को हमारी सुरक्षा करनी चाहिए। उसी तरह मुसकराते हुए जब फैनी अपनी घड़ी ठीक कर रही थी तो मानो उसे भी उस फूल की तरह मोड़ रही हो, जो फैनी को बेहद अजीब लग रहा था।

लंदन का सबसे अच्छा हिस्सा (लेकिन मैं 15-20 साल पहले की बात कर रही हूँ) है कैंसिंगटन। कोई भी 10 मिनटों में बगीचे में पहुँच सकता है। मानो यह देश का दिल था। कोई चप्पलें पहनकर भी खाना खाए, तब भी ठंड नहीं लगती थी। कैंसिंगटन, यह एक गाँव की तरह था, तुम्हें पता है।

"ओह, लेकिन मुझे सुरक्षा नहीं चाहिए।" फैनी ने हँसकर कहा, जब जूलिया क्राय उसे देख रही थी।

"पुरुषों का बस यही काम है," उसने कहा था। क्या उसने इसलिए ही कभी शादी नहीं की थी? फैनी ने सोचा। उसने अपनी सारी जिंदगी सैलिसबेरी में ही नहीं बिताई थी। "लंदन का सबसे अच्छा हिस्सा (लेकिन मैं 15-20 साल पहले की बात कर रही हूँ) है कैंसिंगटन। कोई भी 10 मिनटों में बगीचे में पहुँच सकता है। मानो यह देश का दिल था। कोई चप्पलें पहनकर भी खाना खाए, तब भी ठंड नहीं लगती थी। कैंसिंगटन, यह एक गाँव की तरह था, तुम्हें पता है।" उसने कहा।

यहाँ ट्यूब में आए ड्राफ्ट के लिए बोलने के लिए वह रुकी। यही पुरुषों का इस्तेमाल था। उसने कहा था। क्या इससे पता चलता है कि उसने शादी क्यों नहीं की? हर कोई उसकी युवावस्था में उसकी नीली

आँखें, तीखी नाक के बारे में तथा उसके पियानो बजाने को देखकर यही सोचेगा। वे युवक, जिन्हें चाइना के कप, चाँदी के शमादान व ऐसी चीजें पसंद थीं, वे उसकी ओर खिंचे चले आते थे, क्योंकि क्राय के पास इतनी अच्छी चीजें थीं। वह पहले केथेड्रल शहर के महत्त्वाकांक्षी लोगों को अपनी ओर आकर्षित करती थी, फिर ऑक्सफोर्ड या कैंब्रिज से अपने भाई के दोस्तों को। वे गरमियों में उसे नदी में घुमाएँगे, ब्रोनिंग के बारे में दलीलें जारी रखेंगे और जब भी वह लंदन में होगी तो उसे कैंसिंगटन बगीचे में लेकर जाएँगे?

"लंदन की सबसे अच्छी जगह—कैंसिंगटन (मैं 10-15 साल पहले की बात कर रही हूँ)।" उसने एक बार कहा था। दस मिनट में कोई भी बगीचे तक पहुँच सकता था—देश के दिल में। जो कोई चाहता था, वह कर सकता था। जैसे कि फैनी विलमौट ने सोचा कि श्रीमान शेर्मन, एक चित्रकार, उसका पुराना दोस्त, उसने उसे एक सुबह पेड़ की छाँव में चाय पीने के लिए बुलाया था। (वे उन पार्टियों में भी मिले थे, जहाँ कोई बिना ठंड से डरे चप्पलें पहनकर आ सकता था।) जब वे टेढ़े-मेढ़े मार्ग देख रहे थे। जब आंटी या बुजुर्गों को वहाँ इंतजार करना था। उसने उस टेढ़े-मेढ़े मार्ग पर देखा, शायद वह उसे वहाँ लेकर भी गया हो। उन्होंने उसे एवन से तौला। नदियों के बारे में बयान उसके लिए बहुत मायने रखते थे। वह

"लंदन की सबसे अच्छी जगह—कैंसिंगटन (मैं 10-15 साल पहले की बात कर रही हूँ)।" उसने एक बार कहा था। दस मिनट में कोई भी बगीचे तक पहुँच सकता था—देश के दिल में। जो कोई चाहता था, वह कर सकता था। जैसे कि फैनी विलमौट ने सोचा कि श्रीमान शेर्मन, एक चित्रकार, उसका पुराना दोस्त, उसने उसे एक सुबह पेड़ की छाँव में चाय पीने के लिए बुलाया था।

थोड़ा झुककर बैठी, तब भी खूबसूरत लग रही थी। उसने सोच लिया था कि उसे वह सिर्फ अभी ही अकेली मिली थी। वह शरमाते हुए बोलने लगा, पर उसने बीच में टोक दिया। वे उन्हें पुल के नीचे मिल जाएँगे। यह उन दोनों के लिए एक डरावना क्षण था। मैं इसे नहीं पा सकती, यह मेरा नहीं हो सकता, उसने सोचा। वह समझ नहीं पा रहा था कि फिर वह आई क्यों थी। उसने अपना चप्पू हिलाया व नाव को घुमा दिया। सिर्फ उसका अपमान करने के लिए? उसने उसे वापस छोड़ा और उसे अलविदा कह दिया।

यह सब अलग होता, अगर फैनी विलमौट ने अलग व्यवहार किया होता। (वह पिन कहाँ गिरा था?) यह शायद रवैना या एडिनबर्ग होगा, जहाँ उसने अपने भाई के लिए घर खरीदा होगा। शायद यह सब अलग होता, लेकिन एक चीज ऐसी है, जो नहीं बदलती—उसकी मनाही, उसका आंतरिक गुस्सा और फिर उसको शांति मिलना। अगले दिन वह सुबह 6 बजे उठी, अपना कोट पहना व कैंसिंगटन से नदी तक पैदल चलकर गई। वह इतनी खुश थी कि उसने अपना हक लिया व औरों से पहले ये चीजें देखीं। वह चाहती तो बिस्तर में ही नाश्ता कर सकती थी। उसने अपनी आजादी नहीं खोई थी।

यह सब अलग होता, अगर फैनी विलमौट ने अलग व्यवहार किया होता। (वह पिन कहाँ गिरा था?) यह शायद रवैना या एडिनबर्ग होगा, जहाँ उसने अपने भाई के लिए घर खरीदा होगा। शायद यह सब अलग होता, लेकिन एक चीज ऐसी है, जो नहीं बदलती—उसकी मनाही, उसका आंतरिक गुस्सा और फिर उसको शांति मिलना। अगले दिन वह सुबह 6 बजे उठी, अपना कोट पहना व कैंसिंगटन से नदी तक पैदल चलकर गई।

हाँ, फैनी विलमौट मुसकराई, जूलिया ने अपनी आदतें नहीं खोई थीं। वह सुरक्षित थीं, अगर वह शादी कर लेते तो वे आदतें खतरे में होती। "वे आदमखोर हैं।" उसने एक शाम कहा था हँसते हुए, जब एक शिष्या, जिसकी अभी-अभी शादी हुई थी, वह यह सोचते हुए कि वह अपने पति को याद कर रही है, जल्दी-जल्दी में घर चली गई।

"वे आदमखोर हैं।" उसने हँसते हुए कहा। एक आदमखोर ही बिस्तर में नाश्ता करने से, नदी तक चलकर जाने से मनाही जता सकता है। ओह, क्या होता अगर उसके बच्चे होते तो? वह ठंड, मोटापे व यात्राओं की ओर काफी ध्यान रखती थी, क्योंकि वह समझ नहीं पा रही थी कि किस चीज की वजह से उसे सिरदर्द हो रहा था और उसे ऐसा लग रहा था, मानो वह किसी युद्ध के मैदान में हो। वह हमेशा अपने दुश्मन को हराने में लगी रहती थी।

"वे आदमखोर हैं।" उसने हँसते हुए कहा। एक आदमखोर ही बिस्तर में नाश्ता करने से, नदी तक चलकर जाने से मनाही जता सकता है। ओह, क्या होता अगर उसके बच्चे होते तो? वह ठंड, मोटापे व यात्राओं की ओर काफी ध्यान रखती थी, क्योंकि वह समझ नहीं पा रही थी कि किस चीज की वजह से उसे सिरदर्द हो रहा था और उसे ऐसा लग रहा था, मानो वह किसी युद्ध के मैदान में हो।

यह रस्साकशी चलती रही—या तो वह रात को बुलबुल देखती या सुबह पक्षी। पक्षियों को देखना भी पसंद था और अगर वह दूसरा रास्ता चुना। तो फिर सुबह उसे सिरदर्द होने लगेगा। तबसे हर कुछ समय बाद वह हैंपटन न्यायालय जाने लगी। यह कुछ ऐसी चीज थी, जो चलती ही जा रही थी, जिसका मूल्य था। उसने वह दोपहर अपने यादगार लमहों में शामिल कर ली थी।

"पिछले शुक्रवार यह इतना खूबसूरत था कि मैंने ठान लिया था कि मुझे वहाँ जाना ही है।" उसने कहा। लोग उसपर उस बात के लिए दया करते हैं, जिसके लिए उसने कभी दया चाही ही नहीं (हालाँकि वह हमेशा अपनी सेहत के बारे में उसी तरह बताती थी, जैसे एक योद्धा अपने शत्रु के बारे में बताता है)—हर कोई उस पर दया करता था, क्योंकि वह हर काम अकेले करती थी। उसके भाई की मृत्यु हो चुकी थी। उसकी बहन को अस्थमा था। उसे एडिनबर्ग का वातावरण अच्छा लगा था। उसे वहाँ की जान-पहचान भी नापसंद आने लगी थी, क्योंकि उसका भाई, वह पुरातत्त्ववेत्ता, वहीं मरा था। वह अपने भाई को बेहद प्यार करती थी। वह ब्रोंपटन सड़क पर एक छोटे से घर में अकेली रहने लगी।

फैनी विलमौट को पिन दिख गया। उसने उसे उठाया। उसने कुमारी क्राय की ओर देखा। क्या कुमारी क्राय सच में इतनी अकेली थी? नहीं। सिर्फ उसी क्षण के लिए कुमारी क्राय एक खुश औरत थी। वह पियानो पर हाथ में वही लाल फूल लिये बैठी थी तथा पीछे थी वह बैंगनी खिड़की, जो बिजली से चलनेवाली बत्तियों के कारण और भी बैंगनी लग रही थी।

फैनी विलमौट को पिन दिख गया। उसने उसे उठाया। उसने कुमारी क्राय की ओर देखा। क्या कुमारी क्राय सच में इतनी अकेली थी? नहीं। सिर्फ उसी क्षण के लिए कुमारी क्राय एक खुश औरत थी। वह पियानो पर हाथ में वही लाल फूल लिये बैठी थी तथा पीछे थी वह बैंगनी खिड़की, जो बिजली से चलनेवाली बत्तियों के कारण और भी बैंगनी लग रही थी। जूलिया क्राय फूल पकड़कर बैठी थी, मानो वह लंदन की उसी रात से उपजी हो, मानो वही उसका कोट हो। फैनी उसे देख रही थी।

फैनी विलमौट को एक क्षण के लिए सबकुछ पारदर्शी लगने लगा। वह कुमारी क्राय के अतीत में देखने लगी। उसने हरे रोमन फूलदानों को देखा। जूलिया को बगीचे में जाते देखा, फिर उसे देवदार के पेड़ के नीचे चाय डालते देखा। उसने अपने हाथ में उस बूढ़े आदमी का हाथ लिया, उसे केथेड्रल की खुदाई की जगह से जाते देखा। रोजमर्रा की जिंदगी की दया, कुछ कपड़े पहनना छोड़ दिया, क्योंकि उसकी आयु में पहनने के लिए यह बेहद रंगीन थे। वह वही कर रही थी, जो उसे अच्छा लग रहा था। उसने जूलिया को देखा।

जूलिया प्रज्वलित हुई। जूलिया संदीप्त हुई। रात में वह एक मृत सफेद तारे की तरह प्रज्वलित हुई। जूलिया ने उसकी बाँहें खोली, उसने उसे होंठों पर चूमा। जूलिया ने उसे पा लिया।

"स्लेअर के पिनों में बिल्कुल नोक नहीं होती।" कुमारी क्राय ने हँसते हुए कहा, अपनी बाँहों को आराम देते हुए, तभी, जब फैनी विलमौट ने वह फूल उसकी पोशाक पर काँपती हुई उँगलियों से लगाया।

□

वह नई पोशाक

माबेल को पहली बार शक हुआ कि कुछ गलत है। जब उसने अपनी पोशाक उतारी और श्रीमती बारनेट उसे आईना व ब्रश देते हुए उसका ध्यान इस ओर आकर्षित कर रही थी कि वह अपने बाल, अपना रंग, अपने कपड़े, वह सभी चीजें जो श्रृंगार-पटल पर पड़ी थीं, उन्हें साफ करे। श्रीमती बारनेट के इस कार्य ने इस इस शक को पक्का कर दिया। जब वह सीढ़ियाँ चढ़ रही थीं, इस क्लारिस्सा डैलोवे से मिली और वह सीधा कमरे के आखिर में टँगे आईने के पास जाकर देखने लगी। नहीं, यह सही नहीं था और तभी वह परेशानी, जो वह हमेशा से छिपाती आई है, जो बचपन से उसे महसूस होता था औरों से अवर होना, यह उसके दिमाग में छप गई, वह भी इस कदर कि जिसे वह भुला नहीं सकती थी। ठीक उसी तरह, जिस तरह वे पुरुष-महिलाएँ, जिनके बारे में सोचते हुए वह रातों को उठ जाया करती थी। बरो या स्कॉट, सब यही सोचते थे, "माबेल ने क्या पहना है? वह कैसी लग रही है? उसकी नई पोशाक कितनी आकर्षक है!" उनकी पलकें झपकती रहती थीं, फिर वे जोर से आँखें बंद कर लेते थे। उसकी खुद की अतृप्ति ही उसे डरा रही थी तथा उसे डरपोक बना रही थी। वही उसे उदास कर रही थी। वह कमरा, जिसमें घंटों बिताकर उसने पोशाक बनानेवाले के साथ बैठकर अपनी नई पोशाक का चयन किया था, वह उसे एकदम से घिनौना व

अप्रिय लगने लगा। उसकी बैठक इतनी गंदी हो रखी थी और वह बाहर जाते वक्त घमंड से भरी हुई थी। हॉल की मेज पर पड़े हुए खतों को देखकर बोली, "कितना निष्प्रभ है!" सिर्फ दिखावे के लिए, यह सब अब कितना मूर्खतापूर्ण व तुच्छ लग रहा था। सब तब तबाह हो गया, जब वह श्रीमती डैलोवे की बैठक में गई।

जिस समय शाम को वह चाय पी रही थी, जिस समय श्रीमती डैलोवे का निमंत्रण आया, तब वह यही सोच रही होगी कि वह फैशनेबल नहीं हो सकती और उसका दिखावा करना भी बेकार था। फैशन का मतलब था—कट स्टाइल, अर्थात् 30 गिनियाँ कम-से-कम, लेकिन वह सच्ची ही क्यों न रहे? जैसी वह है, वैसी ही क्यों न रहे? उठते समय उसने अपनी माँ की फैशन मैगजीन ले ली थी, जो पेरिस के राजाओं के समय की थी। वह सोच रही थी कि वे उस समय कितने आदर्श, कितने सुंदर व कितने आदरणीय हुआ करते थे और फिर मानो उसने खुद से कहा कि ओह, उनकी तरह बनने की कोशिश करना भी बेवकूफी होगी—अपने आप को सरल व पुराने खयालोंवाला कहना, लेकिन वह बिना कुछ सोचे, जैसी थी, वैसे ही बाहर दिखाया करती थी, लेकिन आईने में देखने की उसकी हिम्मत नहीं थी। वह इतनी डरावनी चीज नहीं देख सकती थी—वह अजीब सी पुराने फैशनवाली, पीली सिल्क की ड्रेस, उसकी वह लंबी स्कर्ट, ऊँची बाँहें, उसकी कमर और वह सब चीजें, जो उस फैशन मैग्जीन में इतनी अच्छी

जिस समय शाम को वह चाय पी रही थी, जिस समय श्रीमती डैलोवे का निमंत्रण आया, तब वह यही सोच रही होगी कि वह फैशनेबल नहीं हो सकती और उसका दिखावा करना भी बेकार था। फैशन का मतलब था—कट स्टाइल, अर्थात् 30 गिनियाँ कम-से-कम, लेकिन वह सच्ची ही क्यों न रहे?

लगती थी, लेकिन उसपर नहीं, उन साधारण लोगों पर नहीं। उसे ऐसा लग रहा था, मानो वह कोई ड्रेस बनानेवाले की डम्मी हो, जिसपर लोग पिन लगाकर चले जाएँ।

"लेकिन प्रिय, यह बिल्कुल करिश्माई है!" रोज शौ ने उसे ऊपर से नीचे तक देखते हुए कहा। रोज खुद सबकी तरह अच्छी सजी हुई थी।

हम उन मक्खियों की तरह हैं, जो प्लेट के अंत तक जाना चाहती हैं। माबेल ने सोचा और यह पंक्ति दोहराई, मानो वह इस दर्द को खत्म करने के लिए कोई शब्द ढूँढ़ रही हो। शेक्सपीयर की बातें, जो उसने बहुत पहले किताबों में पढ़ी थीं, उसे वापस याद आ रही थीं और वह उन्हें दोहरा रही थी—"मक्खियाँ रेंगने की कोशिश कर रही हैं।" अगर वह ये बार-बार दोहराती और उसे अपने-सामने मक्खियाँ उड़ती हुई दिखने लगतीं वह सुन्न हो जाती, ठंडी पड़ जाती, गूँगी हो जाती। अब उसे दूध के कसोरे से बाहर निकलती हुई मक्खियाँ दिख रही थीं, जिनके पंख साथ चिपक गए थे। रोज शौ की बातें सुनते हुए उसने कोशिश की कि वह रोज शौ एवं अन्य सभी लोगों को मक्खियों के रूप में देख सके। जब वे सभी अपने आप को किसी चीज से बाहर निकालने का प्रयत्न कर रहे हों या किसी चीज के अंदर जाने का, लेकिन वह उन्हें ऐसे नहीं देख पा रही थी। वह

हम उन मक्खियों की तरह हैं, जो प्लेट के अंत तक जाना चाहती हैं। माबेल ने सोचा और यह पंक्ति दोहराई, मानो वह इस दर्द को खत्म करने के लिए कोई शब्द ढूँढ़ रही हो। शेक्सपीयर की बातें, जो उसने बहुत पहले किताबों में पढ़ी थीं, उसे वापस याद आ रही थीं और वह उन्हें दोहरा रही थी—"मक्खियाँ रेंगने की कोशिश कर रही हैं।"

अपने आपको ऐसे देख रही थी कि वह एक मक्खी थी, लेकिन बाकी सब व्याघ्र-पतंगे, तितलियाँ, खूबसूरत कीड़े, जो नाच रहे थे, हवा में घूम रहे थे, जबकि वह अकेली ही खुद को कसोरे से बाहर निकालने का प्रयत्न कर रही थी। (ईर्ष्या व द्वेष, सबसे घिनौने दोष, उसकी मुख्य गलतियाँ थीं।)

मुझे एक बेकार, पुरानी भयंकर बूढ़ी मक्खी की तरह लग रहा था। उसने कहा, जिससे रॉबर्ट हेडन वहाँ खड़ा होकर उसे सुनने लग गया तथा यह दिखाने के लिए कि वह कितनी पृथक् थी, कितनी परिहासयुक्त थी और रॉबर्ट हेडन ने काफी सभ्यता से कुछ जवाब जरूर दिया एवं उसने खुद से कहा (फिर किसी किताब से ही), "झूठ, झूठ, झूठ!" क्योंकि एक पार्टी चीजों को काफी हद तक सच्चा बना देती है या थोड़ा सच्चा, उसने सोचा, मानो उसने रॉबर्ट हेडन के दिल में देख लिया हो और उसे सबकुछ दिख गया। उसे सच्चाई दिख गई। सच था वह बैठक, वह खुद और बाकी सब झूठ। मिलान का काम करनेवाला कमरा सच में बहुत गरम था, गंदा था। उसमें कपड़ों की व पत्तागोभी की बदबू आ रही थी और तब भी, जब कुमारी मिलान ने हाथ में गिलास पकड़ा, उसने कपड़े पहनकर खुद को देखा तो पूरी तरह से उसके दिल में मानो परमानंद हो गया। रोशनी से भरी हुई वह मानो, फिर से जिंदा हो गई। चिंताओं को छोड़कर

मुझे एक बेकार, पुरानी भयंकर बूढ़ी मक्खी की तरह लग रहा था। उसने कहा, जिससे रॉबर्ट हेडन वहाँ खड़ा होकर उसे सुनने लग गया तथा यह दिखाने के लिए कि वह कितनी पृथक् थी, कितनी परिहासयुक्त थी और रॉबर्ट हेडन ने काफी सभ्यता से कुछ जवाब जरूर दिया एवं उसने खुद से कहा (फिर किसी किताब से ही), "झूठ, झूठ, झूठ!"

उसने जिसका ख्वाब देखा था—एक सुंदर स्त्री, वह वहाँ थी। सिर्फ एक सेकेंड के लिए (उसने ज्यादा देर देखने की हिम्मत नहीं की, कुमारी मिलान के स्कर्ट की लंबाई देखनी थी) वहाँ उसे महोगनी के फ्रेम में एक ग्रे-सफेद, मुसकराती हुई, करिश्माई लड़की, उसकी अंतरात्मा और यह सिर्फ खुद से प्यांर नहीं था, जो उसे अच्छा महसूस करा रहा था, सच्चा महसूस करा रहा था। कुमारी मिलान ने कहा था कि स्कर्ट लंबी नहीं हो पाएगी, अगर वह छोटी हुई तो। सच में वह कुमारी मिलान के प्रति प्रेम-भाव से भर चुकी थी, दुनिया में सबसे ज्यादा उसे कुमारी मिलान पसंद आ रही थी और वह रो रही थी कि उसे जमीन पर रेंगना चाहिए था मुँह में पिन भरे हुए, मुँह लाल व आँखें मानो बाहर निकलती हुईं। वह सभी को सिर्फ इनसानों के रूप में देख रही थी। वह खुद अपनी पार्टी में जा रही थी और कुमारी मिलान पीतचटकी से परदा हटाते हुए। उसे अपने मुँह से एक सन का बीज चुनने दे रही थी तथा इनसान के इस व्यवहार ने, इस सहनशीलता ने उसकी आँखों को आँसुओं से भर दिया था और अब हर वह चीज गायब हो चुकी थी—वह पोशाक, वह प्यार, वह दया, अत्याचार सहते हुए। वापस सच्चाई में जाग चुकी।

कुमारी मिलान ने कहा था कि स्कर्ट लंबी नहीं हो पाएगी, अगर वह छोटी हुई तो। सच में वह कुमारी मिलान के प्रति प्रेम-भाव से भर चुकी थी, दुनिया में सबसे ज्यादा उसे कुमारी मिलान पसंद आ रही थी और वह रो रही थी कि उसे जमीन पर रेंगना चाहिए था मुँह में पिन भरे हुए, मुँह लाल व आँखें मानो बाहर निकलती हुईं।

लेकिन उसकी उम्र में वह भी दो बच्चों के साथ औरों के कहे पर चलना एवं खुद के कोई सिद्धांत न होना और लोगों की तरह न बोल

पाना, "वहाँ शेक्सपीयर है! वहाँ मौत है! हम सब कैप्टन के बिस्कुट में वीविल्स की तरह हैं।" या जो भी लोग कहते थे।

उसने अपने आप को आईने में देखा और कमरे में चली गई, मानो किसी ने उसकी पीली पोशाक पर भाले फेंक दिए हों। लेकिन तेज या गुस्से में लगने की बजाय, जैसे रोज शो करती, रोज शो बोकाडिसीआ की तरह लगती। वह बेवकूफ लग रही थी बिल्कुल, जैसे एक पाठशाला में पढ़नेवाली लड़की हो, जिसे पीटा गया हो और एक तसवीर की ओर देखने लगी, मानो कोई पार्टी में एक तसवीर देखने ही गया हो! हर कोई जानता था कि यह क्यों था! यह शर्म की वजह से था।

> *उसने अपने आप को आईने में देखा और कमरे में चली गई, मानो किसी ने उसकी पीली पोशाक पर भाले फेंक दिए हों। लेकिन तेज या गुस्से में लगने की बजाय, जैसे रोज शो करती, रोज शो बोकाडिसीआ की तरह लगती। वह बेवकूफ लग रही थी बिल्कुल, जैसे एक पाठशाला में पढ़नेवाली लड़की हो"*

"अब वह मक्खी कसोरे में जा चुकी थी," उसने अपने-आप से कहा, "बिल्कुल बीच में और बाहर नहीं निकल पर रही है।" उसने तसवीर की ओर देखते हुए सोचा, "दूध, उसके पंखों को साथ चिपका रहा है।"

"यह काफी पुराने फैशन का है।" उसने चार्ल्स बर्ट को रोककर कहा (जो उसे भी अच्छा नहीं लगता था), जब वह किसी और से बात करने जा रहा था।

उसने अपने आप को समझाने की कोशिश की, कि उसका मतलब था कि वह तसवीर पुराने फैशन की थी, न की पोशाक; और चार्ल्स का एक शब्द, उसके मुँह से एक तारीफ, उस वक्त सब बदल देती।

अगर वह यही कह देता, “माबेल, तुम आज करिश्माई लग रही हो!” वह उसकी जिंदगी बदल देता, लेकिन उसे सच्चा व स्पष्ट तो होना ही था। चार्ल्स ने ऐसा कुछ नहीं बोला। वह खुद ही क्रोधित था। वह हमेशा हर किसी को गहराई से देखता था, खासकर मतलबी व कमजोर दिमागवाले लोगों को।

“माबेल को एक नई पोशाक मिली है।” उसने कहा और वह दरिद्र मक्खी कसोरे के बीचोबीच चली गई। सच में वह चाहती होगी कि वह डूब जाए,’ उसने सोचा। उसमें दिल नहीं था, दया नहीं थी, वह बस दोस्ती का दिखावा करता था। कुमारी मिलान उससे कही ज्यादा सच्ची व दयालु थी। अगर कोई इस बात को महसूस करके हमेशा उससे जुड़ा रहे। “क्यों?” उसने कहा, चार्ल्स को दिखाते हुए कि वह कितने गुस्से में है या उसकी भाषा में कहें तो ‘चिढ़ना’, जैसे वह कहता है, “चिढ़ी हुई हो?” “क्यों?” उसने खुद से पूछा, “क्या मैं कभी एक ही चीज नहीं सोच सकती? क्या मैं सिर्फ यह ही नहीं सोच सकती कि कुमारी मिलान सही है या चार्ल्स गलत? क्या मैं पीतचटकी प्यार व दया के बारे में निश्चिंत होकर लोगों से भरे हुए कमरे में आकर भी निश्चिंत रहूँ? ऐसा नहीं हो सकता।” यह उसका कमजोर चरित्र ही था कि वह आखिरी वक्त पर बोलती थी; सच में सांख्यिकी के बारे में, शब्द साधन के बारे में, वनस्पति विज्ञान के बारे में, वास्तुकला के बारे में, आलू काटने के बारे में, कद्र करना बंद कर देती थी।

“माबेल को एक नई पोशाक मिली है।” उसने कहा और वह दरिद्र मक्खी कसोरे के बीचोबीच चली गई। सच में वह चाहती होगी कि वह डूब जाए,’ उसने सोचा। उसमें दिल नहीं था, दया नहीं थी, वह बस दोस्ती का दिखावा करता था। कुमारी मिलान उससे कही ज्यादा सच्ची व दयालु थी।

वहाँ श्रीमती होलमैन खड़ी थी, जिसने मानो उसे पराजित कर लिया हो। क्या माबेल उसे बता सकती थी, अगर ऐंलथोर्प कभी अगस्त व सितंबर में किराए पर हो तो? ओह, यह एक ऐसी बातचीत थी, जो उसे बेहद उबा देती थी! उसे लगता था कि वह कोई घर की एजेंट या संदेशवाहक है, जिसका उपयोग किया जा रहा है। उसका कोई महत्त्व नहीं था, उसने सोचा और वह घर के गरम पानी व दक्षिण दिशा के बारे में पूछे गए प्रश्नों का जवाब देने लग गई; और हर वक्त वह उस गोल आईने में अपनी पीली पोशाक देख रही थी, जो कि बटन या मेढक के बच्चे के माप की दिख रही थी और यह गजब था कि इतनी छोटी सी चीज किसी को कितना शर्मिंदा कर सकती है और वह चीज, जो ज्यादा अजीब थी, वह थी माबेल वारिंग, जो सबसे कटी-कटी सी थी हालाँकि श्रीमती होलमैन (वह काला बटन) यह बता रही थी कि कैसे उनके सबसे बड़े बेटे ने एक बार उनका दिल दहला दिया था। वह उसे देख पा रही थी, कटी-कटी सी और वह काला बिंदु उस पीले बिंदु को झुककर देख रहा था, हालाँकि उसे पता था कि वह सुन नहीं रही, लेकिन फिर भी वे ऐसा दिखावा कर रहे थे।

वहाँ श्रीमती होलमैन खड़ी थी, जिसने मानो उसे पराजित कर लिया हो। क्या माबेल उसे बता सकती थी, अगर ऐंलथोर्प कभी अगस्त व सितंबर में किराए पर हो तो? ओह, यह एक ऐसी बातचीत थी, जो उसे बेहद उबा देती थी! उसे लगता था कि वह कोई घर की एजेंट या संदेशवाहक है, जिसका उपयोग किया जा रहा है।

"लड़कों को चुप रखना नामुमकिन है।" किसी ने कहा।

और श्रीमती होलमैन, जिन्हें कभी कोई चीज पूरी नहीं पड़ती थी, वह जो लालच से जो कुछ थोड़ा किसी के पास हो, उसे भी छीन

लिया करती थी, मानो उस पर उसका हक हो (लेकिन वह इससे भी ज्यादा की हकदार थीं, क्योंकि वहाँ उनकी वह बेटी भी थी, जो आज सुबह अपनी सूजी हुई टाँग के साथ वहाँ आई थी) और उन्होंने यह देन भी ले ली तथा उसकी तरफ ऐसी शक भरी निगाह से देखा, मानो यह आधी-पैनी हो, जबकि इसे एक पाउंड होना चाहिए था। लेकिन तब भी उसने इसे अपने पर्स में डाल लिया, क्योंकि समय ठीक नहीं चल रहा था, बिल्कुल भी ठीक नहीं था और वह बोलती गई श्रीमती होलमैन को सूजे हुए जोड़ोंवाली लड़की के बारे में। ओह, यह देखना दुःख देनेवाला था इनसानों का यों सहानुभूति लेने के लिए लालची होना, बिल्कुल एक जलकाग की तरह, जो सहानुभूति बटोरने के लिए भौंकते हैं एवं पंख फैलाते रहते हैं। हर कोई इसे महसूस कर सकता था, सिर्फ इसे महसूस करने का दिखावा नहीं कर सकता था।

लेकिन आज वह उस पीली पोशाक में कुछ भी छोड़ना नहीं चाहती थी, उसे सब अपने लिए चाहिए था। वह जानती थी कि उसकी निंदा की जा रही थी। उसके कमजोर होने की वजह से और उसे लग रहा था कि यह पीली पोशाक उसके लिए एक तपस्या के समान है, जिसकी वह हकदार भी थी।

लेकिन आज वह उस पीली पोशाक में कुछ भी छोड़ना नहीं चाहती थी, उसे सब अपने लिए चाहिए था। वह जानती थी कि उसकी निंदा की जा रही थी। उसके कमजोर होने की वजह से और उसे लग रहा था कि यह पीली पोशाक उसके लिए एक तपस्या के समान है, जिसकी वह हकदार भी थी। और अगर वह रोज शो की तरह तैयार होती, हरे रंग में स्वेनडोन में सजी होती तो वह उसकी हकदार होती और उसे लगा कि उसके भागने का कोई रास्ता नहीं है, लेकिन इसमें कभी भी उसकी गलती नहीं थी। वह दस

लोगों के परिवार में से एक थी, जिनके पास कभी ज्यादा पैसे नहीं हुआ करते थे और एक के बाद एक घटनाएँ होती रहती थीं। वे रिसॉर्ट पर भी जाया करते थे। हर समुद्री जगह पर उसकी आंटी रहती थीं, लेकिन वे जहाँ रहती थीं, वहाँ की खिड़कियों से समुद्र नहीं दिखता था। वह भी अपनी आंटियों की तरह थी। उसका सपना था भारत में रहने का। सर हैनरी लॉरेंस जैसे किसी आदमी या किसी पगड़ीवाले शासक से शादी करने का, लेकिन ऐसा बिल्कुल भी नहीं हुआ। उसने हबर्ट से शादी की थी, जो एक छोटे से घर में रहते थे, लेकिन श्रीमती होलमैन परेशान रहती थी—उसे सबसे दरिद्र, सहानुभूति से वंचित व्यक्ति मानकर। वह हर समय हर किसी को यह बताती रहती थी कि माबेल कितनी अच्छी दिखती है। माबेल ने सोचा, जो नीले सोफे पर बैठकर तकियों को कुछ कर रही थी, ताकि वह व्यस्त दिखाई दे, क्योंकि वह चार्ल्स बर्ट व रोज शौ के साथ नहीं रहना चाहती थीं, जो बातें कर रहे थे तथा हर समय उसपर हँस रहे थे और तभी उसके पसंदीदा लमहे आ गए—रात को बिस्तर में किताब पढ़ना या ईस्टर पर समुद्र किनारे रेत पर बैठना। उसे याद करने दो—मिट्टी, वह घास और फिर लहरों की आवाज—'हश, हश,' वह वहाँ लेटी हुई थी, धरती माता की गोद में, थोड़ी कड़क-दिल मगर बेहद खूबसूरत माँ एवं अलतार पर एक मेमना लेटा हुआ था (लोग ऐसी चीजें सोचते हैं, लेकिन ये तब तक महत्त्व नहीं रखतीं, जब

हर समुद्री जगह पर उसकी आंटी रहती थीं, लेकिन वे जहाँ रहती थीं, वहाँ की खिड़कियों से समुद्र नहीं दिखता था। वह भी अपनी आंटियों की तरह थी। उसका सपना था भारत में रहने का। सर हैनरी लॉरेंस जैसे किसी आदमी या किसी पगड़ीवाले शासक से शादी करने का, लेकिन ऐसा बिल्कुल भी नहीं हुआ।

तक कोई इन्हें बोले न) और हबर्ट के साथ भी कई बार, अचानक से वह रविवार को खाने के लिए मटन बना रही होती थी। पत्र खोलती थी, कमरे में आती थी, बेवजह व अपने आप से कहती थी (क्योंकि वह यह सब किसी और से नहीं कह सकती थी), "यह वही है। यह हुआ है। यह वही है!" और इसकी दूसरी ओर बिल्कुल अलग था, जब हर चीज थी—संगीत, मौसम, छुट्टियाँ, हर वह चीज थी, जो खुशी दे, तब कोई खुश नहीं था। सब शांत था, बिल्कुल शांत।

वह फिर से अपने आपको मनहूस समझने लगी! वह हमेशा से ही एक कमजोर माँ व एक कमजोर पत्नी रही है, जिसे कुछ साफ नहीं दिखाई देता था, हमेशा असमंजस में रहती थी अपने भाई-बहनों की तरह, न कि हबर्ट की तरह—वे सभी कुछ नहीं करते थे।

वह फिर से अपने आपको मनहूस समझने लगी! वह हमेशा से ही एक कमजोर माँ व एक कमजोर पत्नी रही है, जिसे कुछ साफ नहीं दिखाई देता था, हमेशा असमंजस में रहती थी अपने भाई-बहनों की तरह, न कि हबर्ट की तरह—वे सभी कुछ नहीं करते थे। फिर जिदंगी में एक ऐसा पड़ाव आया, जब वह खुद को एक लहर पर महसूस कर रही थी। वह मनहूस मक्खी, जिसके बारे में उसने उस मक्खी व कसोरे वाली कहानी में पढ़ा था। वह बाहर निकल चुकी थी। हाँ, उसने ऐसे पल भी जिए थे, लेकिन अब, जब वह 40 साल की हो गई है, ऐसे पल शायद ज्यादा आएँ। उसे शायद ज्यादा कोशिश करनी पड़े। यह सहन करने लायक नहीं था! इससे वह शर्मिंदा हो जाती थी।

वह कल लंदन की लाइब्रेरी में जाएगी। उसे शायद कोई काम की किताब मिल जाए, जिसे एक अमेरिकन ने लिखा हो, जिसके बारे में किसी ने सुना न हो या वह सिकी हॉल में गिर जाएगी, जिसके बारे

में कई बार बताया जाता है और वह एक नई इनसान बन जाएगी। वह बिल्कुल बदल जाएगी। वह पोशाक पहनेगी, उसे लोग 'सिस्टर' कहेंगे। वह कपड़ों के बारे में दोबारा नहीं सोचेगी और उसके बाद वह चार्ल्स बर्ट व कुमारी मिलान के बारे में बिल्कुल सही से समझ जाएगी, मानो वह सूरज की रोशनी में बैठी हो या मटन पका रही हो। ऐसा होगा ही।

फिर वह उस नीले सोफे से उठी व उसके साथ वह पीला बटन भी उठ गया। उसने रोज शौ की ओर हाथ हिलाया, उन्हें यह दिखाते हुए कि वह उनपर निर्भर नहीं करती। वह पीला बटन आईने से हट गया और उसने श्रीमती डैलोवे को जाकर 'शुभरात्रि' कहा।

"लेकिन अभी जाने के लिए इतनी क्या जल्दी है?" श्रीमती डैलोवे ने कहा। "मुझे लगता है मुझे जाना चाहिए," माबेल वारिंग ने कहा। "लेकिन," उसने अपनी कमजोर आवाज में कहा, जो तब काफी हास्यास्पद लगी, जब उसने कहा, "मैंने खुद का बहुत आनंद लिया।"

"मैंने खुद आनंद लिया," उसने श्रीमती डैलोवे को कहा, जिसे वह सीढ़ियों पर मिली थी।

"झूठ, झूठ, झूठ!" उसने सीढ़ियों से नीचे उतरते हुए अपने आपसे कहा, "और बिल्कुल कसोरे के अंदर!" उसने खुद से कहा, जब वह श्रीमती बारनेट को उनकी मदद के लिए धन्यवाद कर रही थी तथा अपने आप को उस चाइनीज पोशाक में लपेटने लगी, जो उसने 20 साल तक पहनी थी।

□

एक अलिखित उपन्यास

उदासी का यह व्यंजक काफी था कि एक व्यक्ति कागज छोड़कर उस दरिद्र महिला को छोड़कर, मानो कि यह किसी इनसानी जीवन का लक्ष्य हो। जीवन वह है, जो आप औरों की आँखों में देखते हैं। जीवन यह दरशाता है कि वे क्या सीखते हैं और फिर कभी उसे छोड़ते नहीं, वे उससे अवगत रहते हैं, क्या जीवन इसी के बारे में है? पाँच चेहरे एक-दूसरे के सामने और हर एक चेहरे में उसकी विधा। यह अजीब है कि वह उसे छिपाना क्यों चाहते थे! अल्पभाषिता के निशान हर एक चेहरे पर थे। होंठ बंद। उन पाँचों में से हर एक अपना-अपना काम करता हुआ—एक धुम्रपान करता हुआ, दूसरा किताब पढ़ता हुआ, तीसरा एक किताब में लिखी चीजों की जाँच करता हुआ, चौथा नक्शे पर बनी आकृति देखता हुआ और पाँचवाँ, तो सबसे भयानाक काम कर रहा था, वह तो कुछ भी नहीं कर रहा था। वह जीवन को देख रही थी। आह! दरिद्र महिला इसे छिपा लो!

ऐसा लगा, मानो उसने मुझे सुन लिया हो। वह अपनी कुरसी से जरा हिली और उसने देखा, ऐसा लगा, मानो वह क्षमा माँग रही हो और कह रही हो, "अगर तुम जानते कभी!" उसने फिर जीवन को देखा। "लेकिन मैं जानता हूँ।" मैंने कहा, "मुझे पूरी बात का पता है। कल पेरिस में जर्मन व संबद्ध शक्तियों के बीच समझौता हुआ—सिगनोर नीति, इटली का

प्रधानमंत्री—डोनकास्टर में पैसेंजर गाड़ी का मालगाड़ी से टकरा जाना…, हम सब जानते हैं, मगर ऐसा दिखाते हैं कि हम नहीं जानते हों।" मेरी आँखें एक बार दोबारा उस कागज पर गईं। वह अपना हाथ अपनी पीठ पर लेकर गई और उसने अपना सिर उठाया। मैं एक बार फिर जीवन के जलाशय में डूब गया। "तुम्हें जो पसंद है, तुम ले लो—जन्म, मृत्यु, शादी, पक्षियों की आदतें, ल्यूनार्डों डा विंसी, अच्छा वेतन व जीने की कीमत, ओह! तुम्हें जो पसंद है, तुम ले लो।" मैंने कहा। फिर से वह अपना सिर घुमाने लगी और अपनी गरदन पर ऐसे टिका लिया, जैसे कि एक लट्टू घूमते-घूमते रुक जाता है।

जिदंगी के प्रति सबसे अच्छी चीज यही थी कि उस कागज को इस तरह मोड़ो कि वह काफी प्रबल हो जाए। ऐसा करके मैं उठा अपनी खुद की एक ढाल लिये। उसने मेरी ढाल में एक छेद कर दिया, मेरी आँखों में देखा, मानो हिम्मत का कतरा ढूँढ़ रही हो।

जिदंगी के प्रति सबसे अच्छी चीज यही थी कि उस कागज को इस तरह मोड़ो कि वह काफी प्रबल हो जाए। ऐसा करके मैं उठा अपनी खुद की एक ढाल लिये। उसने मेरी ढाल में एक छेद कर दिया, मेरी आँखों में देखा, मानो हिम्मत का कतरा ढूँढ़ रही हो।

फिर हम सर्रे से सरकेस के बॉर्डर पर गए। मुझे नहीं लग रहा था कि और यात्री वहाँ जा चुके थे, हम वहाँ पर अकेले ही थे। यहाँ थ्री ब्रिजिस स्टेशन था। क्या वह हमें छोड़कर जा रहा था? मैं दोनों चीजों की ही प्रार्थना कर रहा था। आखिर में मैंने प्रार्थना की कि वह रहे या रुक जाए। इतने में वह उठा, उसने दरवाजा खोला और हमें छोड़कर चला गया।

उस दरिद्र महिला ने झुककर मुझसे कुछ कहा, स्टेशनों की, छुट्टियों

की कुछ बातें कीं, ईस्टब्रेनि में रहनेवाले भाइयों की बातें कीं, लेकिन बाद में खिड़की से बाहर देखते हुए अगर मुझे कुछ पता था तो वह था— जीवन। "दूर रहना, यही इसकी कमी है।" आह! अब हम तबाही पर पहुँच चुके थे। मेरी ननद, बकवास करेगी! वह यही करती है।" उसने कहा।

"ओह, वह गाय!" उसने उस लकड़ी की बनी गाय की ओर देखा, मानो वह उसे किसी मूर्खता भरे क्षण से बचा रही हो। उसने फिर एक बार वही अजीब चाल की, जो मैंने पहले भी देखी थी, जिसको देखकर ऐसा लगता है, मानो उसके कंधे पर खुजली हो रही हो।

"ओह, वह गाय!" उसने उस लकड़ी की बनी गाय की ओर देखा, मानो वह उसे किसी मूर्खता भरे क्षण से बचा रही हो। उसने फिर एक बार वही अजीब चाल की, जो मैंने पहले भी देखी थी, जिसको देखकर ऐसा लगता है, मानो उसके कंधे पर खुजली हो रही हो। एक बार वह दुनिया की सबसे दुःखी महिला लगने लगी। मैं एक बार फिर उसके पास गया।

'ननद।' मैंने कहा।

उसके होंठ हिले और रुक गए। उसने अपना दस्ताना उठाकर खिड़की पर रगड़ा, मानो कि कोई दाग हटाने की कोशिश कर रही हो। इसी चीज ने मुझे उत्तेजित किया कि मैं अपना दस्ताना उठाऊँ और खिड़की को रगड़ू। वहाँ भी आईने पर एक दाग था। मेरे रगड़ने के बावजूद वह दाग वहीं रहा और फिर मैंने भी हाथ से पीठ पर खुजली की। उसने मुझे देखा, वह एक शोक भरी मुसकराहट थी, लेकिन उसने बात कर ली थी। अपना राज साझा कर लिया था, अपना जहर फैला दिया। अब वह और नहीं बोलेगी। अपनी नजरों को उसकी नजरों से बचाते हुए मैंने उसका राज जान लिया था।

हिल्डा की ननद। हिल्डा, हिल्डा? जब गाड़ी आई, तब हिल्डा दरवाजे पर सिक्का लिये खड़ी थी। "दरिद्र मिन्नी, वही पुराना कोट, जो पिछले साल भी था। मैं समझ गई। चलो, मैं तुम्हारे साथ चलती हूँ।" वे खाने के कमरे में गए। "बच्चो, मिन्नी आंटी।"

वे नीचे आए (बोब और बर्बरा) और उन्होंने खाना शुरू किया। खाना खाते-खाते उनमें से कोई एक काँपने लग गया। बोब उसकी ओर देखने लग गया, "अपना खाना खाओ, बोब!" लेकिन हिल्डा ने मना किया। वह हिल क्यों रही है? इस्टबोंन के घरों की छतें ऐसी बनी थीं, मानो कमला की रीढ़ की हड्डी है। अब हिल्डा बेसमेंट में जा रही थी, बिस्तर पर एक गाउन पड़ा था और नीचे चप्पलें। दिसंबर की दोपहर के 3 बजे बारिश आ रही थी। एक पल की अजीब सी शांति छा गई। फिर तुम क्या सोच रहे हो? (मुझे उसकी ओर झाँकने दो, वह सोकर क्या कर रही थी?) हाँ, वह 3 बजे छत पर बैठकर भगवान् से प्रार्थना करती है। वह शायद खिड़की भी इसलिए रगड़ती होगी कि वह भगवान् को अच्छी तरीके से देख सके। मिन्नी मार्ग का भगवान् कौन है? ईस्टबोंन की गलियों का भगवान् कौन है? दोपहर 3 बजे का भगवान् कौन है? मैं भी छतों को देखता हूँ, आसमान को देखता हूँ, लेकिन ओह! भगवानों को देखना, शायद वह राष्ट्रपति क्रुगर की तरह लगते होंगे, शायद दो बादलों पर बैठते होंगे, हाथ में एक डंडा होगा? काला, मोटा सिंहासन पर बैठा हुआ, वृद्ध धौंसिया—मिन्नी का भगवान्! क्या वह खुजली, वह निशान उसी ने भेजा है? क्या इसलिए वह

वे नीचे आए (बोब और बर्बरा) और उन्होंने खाना शुरू किया। खाना खाते-खाते उनमें से कोई एक काँपने लग गया। बोब उसकी ओर देखने लग गया, "अपना खाना खाओ, बोब!" लेकिन हिल्डा ने मना किया। वह हिल क्यों रही है?

प्रार्थना करती है ? जो दाग वह खिड़की से हटाती है, वह उसके पाप का दाग है। ओह ! उसने कोई अपराध किया है !

मेरे अपने पसंद के अपराध हैं। लकड़ियाँ उड़ जाती हैं, गरमियों में घंटियाँ होती हैं वहाँ उस खुली जगह में। बसंत में हलके पीले रंग के गुलाब होते हैं। क्या यह 20 साल पहले अलग था ? क्या कसमें तोड़ी गई हैं ? मिन्नी की नहीं !···वह वफादार थी। कैसे उसने अपनी माँ की सेवा की, समाधि के पत्थर पर अपनी सारी बचत खर्च कर दी—शीशे के अंदर पुष्पमालाएँ, जार के अंदर डैफोडिल, लेकिन मैं रास्ते से हट रहा हूँ।

एक अपराध···पर वे कहेंगे कि उसने अपना लिंग एक राज रखा, लेकिन उसके लिंग से हमें क्या ? नहीं, 20 साल पहले क्रोयडोय की गलियों से गुजरते हुए ड्रेपर की खिड़की की बैंगनी फाँसें, रोशनी में उसका ध्यान आकर्षित करते थे। छह बजे से ज्यादा का वक्त हो गया था। अभी भी भागकर वह घर पहुँच सकती है। वह शीशे का दरवाजा खोलकर जाती है। सेल लगी हुई थी। वह एक ट्रे उठाती है। "हम सात बजे तक दुकान बंद नहीं करते।" सात बज चुके थे। वह भागकर घर तो पहुँच गई, लेकिन काफी देर से। पड़ोसी—डॉक्टर—छोटा भाई—अस्पताल—मृत था या सिर्फ उसके चौंकने की वजह से इलजाम उसपर आया ? ओह, यह सब मायने नहीं रखता। सिर्फ वह दाग, वह उसके कंधों के बीच की खुजली, बस वही मायने रखती है।

एक अपराध···पर वे कहेंगे कि उसने अपना लिंग एक राज रखा, लेकिन उसके लिंग से हमें क्या ? नहीं, 20 साल पहले क्रोयडोय की गलियों से गुजरते हुए ड्रेपर की खिड़की की बैंगनी फाँसें, रोशनी में उसका ध्यान आकिर्षत करते थे। छह बजे से ज्यादा का वक्त हो गया था। अभी भी भागकर वह घर पहुँच सकती है।

"हाँ, मैंने यही किया है।" ऐसा लगा, मानो वह मुझे बोल रही हो।

तुमने ही यह किया या तुमने क्या किया, इससे मुझे मतलब नहीं है। ड्रेपर की खिड़की के बैंगनी फाँसे, यह मतलब रखता है, लेकिन इतना तुच्छ अपराध? इतने सारे अपराधों में से तुमने इतना तुच्छ अपराध चुना? (मुझे दोबारा झाँकने दो, वह सो रही है या सोने का नाटक कर रही है?) इतने सारे अपराध, तुम्हारे अपराध नहीं थे, तुम्हारा अपराध इतना तुच्छ था? अब गिरिजाघर का द्वार खुल रहा था, वह ब्राउन पत्थरों पर बैठती है, हर रोज, सर्दियों में, गरमियों में सुबह, शाम प्रार्थना करती रहती है। उसके सभी पाप हमेशा के लिए धुल जाते हैं। अब वह दाग लाल हो गया है। जल सा रहा है। वह फिर उसी तरह हिलती है! छोटे लड़के देखते हैं। "बॉब आज भोजन पर आएगा," लेकिन बूढ़ी महिलाएँ सबसे बेकार हैं।

तुमने ही यह किया या तुमने क्या किया, इससे मुझे मतलब नहीं है। ड्रेपर की खिड़की के बैंगनी फाँसे, यह मतलब रखता है, लेकिन इतना तुच्छ अपराध? इतने सारे अपराधों में से तुमने इतना तुच्छ अपराध चुना? (मुझे दोबारा झाँकने दो, वह सो रही है या सोने का नाटक कर रही है?)

अब आप ज्यादा देर तक प्रार्थना नहीं कर सकते। क्रुगर बादलों से नीचे आ चुका है। हमेशा ऐसा ही होता है। जब भी आप उसे देखते हैं, कोई-न-कोई टोक ही देता है। इस बार यह हिल्डा है।

आप उसे कितना नापसंद करते हैं। वह रात भर स्नानघर बंद रख सकती है, फिर चाहे आपको ठंडा पानी चाहिए हो या नहाना हो और नाश्ते के लिए जॉन भी था, बच्चे भी, पर भोजन बेहद खराब था। आपको बाहर जाना पड़ता है, जहाँ ग्रे लहरें हैं। एक कुरसी भी इतनी महँगी है!

मिट्टी के आसपास समझानेवाले होने चाहिए। ओह! यह एक निगर है, एक हँसमुख आदमी, उसके पास तोते हैं, क्या यहाँ भगवान् के बारे में कोई नहीं सोचता? जो वहाँ ऊपर अपना डंडा लिये बैठा है? लेकिन नहीं, यहाँ तो सिर्फ ग्रे बादल हैं और अगर आसमान नीला हो तो सफेद बादल उसे छिपा देते थे। बच्चे कैसे देखते हैं! खैर, फिर घर एक पिछला रास्ता। 'घर एक पिछला रास्ता!'—इन शब्दों का मतलब भी है। शायद किसी मूँछोंवाले वृद्ध आदमी ने बोला होगा! लेकिन नहीं, उन्होंने नहीं बोला था यह सब। लेकिन हर चीज का मतलब होता था—द्वार के पास रखी तख्तियाँ, दुकानों पर लिखे नाम, खिड़कियाँ, सब कहते हैं 'मिनी मार्श!' लेकिन फिर से एक झटका। 'अंडे सस्ते होते हैं!' हमेशा यही होता है! मैं उसे झरने के पास लेकर जा रहा था कि तभी भेड़ों का एक झुंड मानो मुड़ा और मेरी उँगलियों पर से होकर गुजरा। दुनिया के किनारों से बँधे लोग मिनी मार्श के लिए कोई अपराध नहीं है, कोई दुःख नहीं है। वह घर पहुँची एवं उसने अपने जूतों को खरोंचा।

'अंडे सस्ते होते हैं!' हमेशा यही होता है! मैं उसे झरने के पास लेकर जा रहा था कि तभी भेड़ों का एक झुंड मानो मुड़ा और मेरी उँगलियों पर से होकर गुजरा। दुनिया के किनारों से बँधे लोग मिनी मार्श के लिए कोई अपराध नहीं है, कोई दुःख नहीं है।

क्या मैंने तुम्हें सही समझा? अब वह आँखें खोलकर बाहर देखती है—इनसानी आँख, कैसे व्यक्त किया जाए? जैसे जब आप एक डाल को पकड़ते हैं तो एक तितली उड़ जाती है। पीले फूल पर लटका हुआ कीट अब अपने हाथ हिला रहा था। मैं अपना हाथ नहीं हिलाऊँगा। ऐसे ही लटके रहो, चाहे तुम मिनी मार्श का जीवन, उसकी आत्मा या जो भी हो। जिंदगी का क्या मूल्य है? उठना, लटके रहना दिनभर, शाम में भी। एक हाथ का हिलना, उसका ऊपर जाना और फिर उसी स्थिति में मिलना।

न कुछ देखना, न किसी के बारे में सोचना। औरों की आँखें हमारी जेल, औरों के विचार हमारी कैद। आसपास हवा···ऊपर चाँद···और मैं मैदान में गिर रहा हूँ। क्या तुम भी नीचे हो, तुम्हारा नाम कया है ? मिनी मार्श या ऐसा कुछ ? उसने अपने पर्स में से एक अंडा निकाला। किसने कहा था कि अंडे सस्ते होते हैं, तुमने या मैंने ? ओह, घर आते वक्त तुमने ही कहा था। क्रूगर चला गया था और तुम घर जाकर जूतों को खरोंचने लगे। अब तुम अंडे के छिलके के टुकड़ों को, एक पहेली को लेकर बैठे हो। काश, मैं उसे साथ में रख सकता। अगर तुम सीधे बैठो, तभी। उसने अपने पाँव हिला दिए। पहेली फिर से टूट गई। अंडे से गिरता हुआ मार्बल, स्पेनिश जवानों को मारते हुए—सोना-चाँदी, लेकिन वापस करने के लिए।

क्या, किसको ? उसने दरवाजा खोला और छाता स्टैंड में रखा। लेकिन मैं भूल नहीं सकता, जो मैंने देखा—फर्न के पीछे की वे आकृतियाँ। मैं उन्हें तब तक छिपा रहा था या चाह रहा था कि वे गायब हो जाएँ या उस तरह ही नजर आएँ, जैसे कहानियों में होना चाहिए।

क्या, किसको ? उसने दरवाजा खोला और छाता स्टैंड में रखा। लेकिन मैं भूल नहीं सकता, जो मैंने देखा—फर्न के पीछे की वे आकृतियाँ। मैं उन्हें तब तक छिपा रहा था या चाह रहा था कि वे गायब हो जाएँ या उस तरह ही नजर आएँ, जैसे कहानियों में होना चाहिए। भाग्य व शोकपूर्ण घटनाओं के साथ तीन नहीं तो दो व्यावसायिक यात्री व अस्पिडिस्ट्रा का उपवन। "अस्पिडिस्ट्रा के पुष्प उन यात्रियों को नहीं छिपा पाएँगे।" रोडोडेनड्रोन उन्हें छिपा सकेंगे और इसके बदले में मुझे मेरा लाल व सफेद दे दो, जिसके लिए मैं भूखा रहता हूँ, लेकिन रोडोडेनड्रोन ईस्टबोर्न में, वह भी दिसंबर में ? नहीं-नहीं, मुझे नहीं लगता। मैं आइने के सामने बैठे हुए आदमी को झाँककर देख सकने की

हिम्मत कर सकता हूँ। क्या मार्श जेम्स मौरिज्ज को ही जिम्मी कहते हैं? (मिनी, तुम्हें वादा करना होगा कि तुम तब तक नहीं हिलोगी, जब तक मैं बात पूरी न कर लूँ।) क्या जेम्स मौरिज्ज बटनों में यात्रा करता है? खैर, अभी सबको साथ में लाने का समय नहीं है। वह यात्रा करता है और गुरुवार को मार्श के साथ ही भोजन करता है। उसकी लाल आँखें थीं तथा उसको भोजन से बेहद लगाव था (जब तक उसका भोजन खत्म न हो जाए, वह मिनी की ओर देखता भी नहीं था)। रविवार को जेम्स मार्श के जूतों को खुद ठीक करता था, लेकिन उसका जुनून? रोजेज व उसकी पत्नी, एक विरत नर्स। आखिरकार कोई तो महिला है, जिसका नाम मुझे पसंद है। हर उपन्यास में कितने ही लोग मरते हैं, लेकिन मौरिज्ज जीता है। यह जीवन का दोष है। यहाँ मिनी अपना अंडा खा रही है और वहाँ क्या हम पहले लेविस थे? वहाँ जिम्मी जरूर होगा, उसका इस तरह हिलना किसलिए है?

हर उपन्यास में कितने ही लोग मरते हैं, लेकिन मौरिज्ज जीता है। यह जीवन का दोष है। यहाँ मिनी अपना अंडा खा रही है और वहाँ क्या हम पहले लेविस थे? वहाँ जिम्मी जरूर होगा, उसका इस तरह हिलना किसलिए है?

वहाँ मौरिज्ज जरूर होगा, जीवन का दोष है। जिदंगी अपने उसूल लगाती है, लेकिन मैं? मैं अपने मन से यहाँ आया हूँ। मैं खुद मौरिज्ज की आत्मा में घुसने आया हूँ। उसकी रीढ़ की हड्डी व्हेल की हड्डी जैसी, पसलियाँ शाखाओं की तरह, जबकि ऊपर से मीट व बीयर नीचे गिरता है और फिर एक बार खून में मिलने के लिए तैयार हो जाता है। अब हम आँखों की ओर जा रहे थे। अस्पिडिस्ट्रा के पीछे उन्हें एक बूढ़ी औरत दिखती है। "मार्श जानती होगी मौरिसिस के बारे में···" चीज आ गई थी। "मार्श की बहन···मार्श की तरह तो बिल्कुल भी नहीं, मनहूस,

बूढ़ी औरत···भगवान् जाने वह क्यों हिलती रहती है? मैंने यह नहीं कहा? प्रिय, प्रिय, प्रिय! ये बूढ़ी औरतें, प्रिय, प्रिय!"

[हाँ मिनी, मैं जानता हूँ, तुम हिली हो, लेकिन एक मिनट, जेम्स मौरिज्ज।]

"प्रिय, प्रिय, प्रिय!" कितनी अच्छी आवाज है यह! "प्रिय, प्रिय!" चिड़चिड़े लोगों की आत्माओं को शांति प्रदान करने के लिए व सांत्वना देने के लिए कितनी अच्छी आवाज है। उन्हें कहने के लिए, "इतने समय बाद, आपका सौभाग्य!" और फिर, "आप कैसे हैं?" मौरिज्ज तो गुलाब तोड़ लेगा। इसके बाद क्या? "मैडम, आपकी ट्रेन छूट जाएगी," क्योंकि वे इस तरह घूमते नहीं रहते।

"प्रिय, प्रिय, प्रिय!" कितनी अच्छी आवाज है यह! "प्रिय, प्रिय!" चिड़चिड़े लोगों की आत्माओं को शांति प्रदान करने के लिए व सांत्वना देने के लिए कितनी अच्छी आवाज है। उन्हें कहने के लिए, "इतने समय बाद, आपका सौभाग्य!" और फिर, "आप कैसे हैं?"

यही उसका तरीका था, यही आवाज गूँजती थी। ओह मौरिज्ज, तुम रुकोगे नहीं, तुम जा रहे हो? क्या तुम इनमें से किसी बग्घी में ईस्टबोर्न जा रहे हो? मौरिज्ज, क्या तुम वहीं हरे दीवारदार हो? मुझे बताओ, लेकिन दरवाजे बंद हो गए। हम दोबारा कभी नहीं मिलेंगे, अलविदा मौरिज्ज!

हाँ, हाँ, मैं आ रहा हूँ, बिल्कुल घर के ऊपर। एक बार फिर, आँखों को सब साफ दिखाई देने लग गया और एक बार फिर होंठ मृत व दरिद्र लोगों के लिए दुआ माँगने लगे।

जेम्स मौरिज्ज अब मर चुका है। वह जा चुका है। "खैर मिनी, मैं अब इसका सामना नहीं कर सकती।" (मुझे उसकी ओर देखने दो)

उसने शयनकक्ष में कहा, पर जब खुद ही खुद से बात की जा रही हो तो आखिर कौन बोल रहा होता है? वह मृत आत्मा, उसकी अंतरात्मा, वह आत्मा, जिसने यह दुनिया छोड़ दी है? “मैं अब यह नहीं सह सकता,” उसकी आत्मा कहती है। खाने पर वह व्यक्ति—हिल्डा, बच्चे। ओह, उसका सिसकना! यह वह आत्मा है, जो अपना भाग्य देख रही है, जिसके लिए ब्रह्मांड खत्म हो रहा है—प्यार, जिदंगी, पति, बच्चे, मैं जानता हूँ लड़की होने में कितना आनंद होता है। “मेरे लिए नहीं, मेरे लिए नहीं।”

लेकिन फिर, मफ्फिन, बूढ़ा, गंजा कुत्ता? अगर मिनी मार्श को अस्पताल लेकर जाते तो चिकित्सक व नर्सें खुद चीख पड़ते… आखिरकार, चाय अच्छी है, मफ्फिन गरम है और वह कुत्ता—“बैन्नी देखो, माँ तुम्हारे लिए क्या लाई हैं?” तुम तो जैसे ग्रेनऊ से अंदर-बाहर भाग रहे हो।

लेकिन फिर, मफ्फिन, बूढ़ा, गंजा कुत्ता? अगर मिनी मार्श को अस्पताल लेकर जाते तो चिकित्सक व नर्सें खुद चीख पड़ते…आखिरकार, चाय अच्छी है, मफ्फिन गरम है और वह कुत्ता—“बैन्नी देखो, माँ तुम्हारे लिए क्या लाई हैं?” तुम तो जैसे ग्रेनऊ से अंदर-बाहर भाग रहे हो।

अंदर-बाहर, ऊपर-नीचे एक ऐसा जाल बनाते हुए, जिसमें भगवान् खुद, रुको, भगवान् के बारे में मत सोचो! सिलाइयाँ कितनी मजबूत थीं! उसे कुछ भी टोके न। रोशनी आने दो, बादलों को पत्ती के अंदर का नजारा दिखाने दो। चिड़ियाँ को शाखा पर जाकर शाखा पर पड़ी हुई बारिश की बूँद को हिलाने दो…। ऊपर क्यों देखना, क्या यह एक आवाज थी? ओह! फिर से वही शीशा व बैंगनी फाँसे, लेकिन हिल्डा आएगी। बदनामी, शर्मिंदगी, ओह! उल्लंघन के पास।

अपना दस्ताना ठीक करके मिनी मार्श ने उसे अलमारी में रख दिया। मैंने आईने में उसे देख लिया था। होंठ बंद, ठोड़ी ऊपर। अब वह अपने जूते बाँधती है, वह अपने गले को छूती है और यह क्या हो रहा है? जहाँ तक मुझे लग रहा है, धड़कनें तेज हो चुकी हैं, क्षण आनेवाला है, नियाग्रा आगे हैं। यह रहा संकट! भगवान् तुम्हारा साथ दे! वह नीचे जाती है। हिम्मत, हिम्मत! इसका सामना करो! भगवान् के लिए अब पायदान पर इंतजार मत करो! वह रहा दरवाजा। मैं तुम्हारी तरफ हूँ। बोलो! उसका सामना करो! उसकी आत्मा को हरा दो!

अपना दस्ताना ठीक करके मिनी मार्श ने उसे अलमारी में रख दिया। मैंने आईने में उसे देख लिया था। होंठ बंद, ठोड़ी ऊपर। अब वह अपने जूते बाँधती है, वह अपने गले को छूती है और यह क्या हो रहा है? जहाँ तक मुझे लग रहा है, धड़कनें तेज हो चुकी हैं, क्षण आनेवाला है, नियाग्रा आगे हैं।

"ओह, मुझे माफ कर दो। हाँ, यही ईस्टबोर्न है। मुझे यह हैंडल देखने दो।" (लेकिन मिनी, मैं तुम्हारे साथ हूँ।)

"यही तुम्हारा सामान है?"

"मुझे यकीन है, आप जरूर आभारी होंगे!"

(लेकिन तुम अपने बारे में क्यों देखते हो? हिल्डा भी नहीं आई, न ही जॉन। मौरिज्ज ईस्टबोर्न से दूर गाड़ी चला रहा है।)

"मैं अपने पर्स के पास ही इंतजार कर लूँगी, वह सबसे ज्यादा सुरक्षित है, मैम। उसने कहा था कि वह मुझे मिलेगा। ओह, वह वहाँ है! यह मेरा बेटा है।"

वे साथ में चले गए।

खैर, मैं हार चुका हूँ···जरूर मिनी, तुम ज्यादा बेहतर जानती होगी। एक अपरिचित युवक···रुको! मैं उसे बताऊँगा, मिनी! कुमारी मार्श, मैं

भी नहीं जानता वैसे। देखो, उनके द्वार तक पहुँचने पर वह कैसे झुक रहा है! उसे अपना टिकट मिल गया है। इसमें मजाक क्या है? वे सड़क से नीचे जाते हैं। खैर, मेरी दुनिया तो बन गई। मैं कहाँ हूँ, मुझे क्या पता है? यह मिनी नहीं है। मौरिज्ज तो कभी था ही नहीं। मैं कौन हूँ? जिंदगी भी हड्डी की तरह खाली है।

फिर भी उनकी वह आखिरी नजर—उसका फुटपाथ से उतरना एवं उसका उस बड़ी इमारत की कगार से पीछा करना मुझे आश्चर्य से भर देता है। रहस्यमयी आकृतियाँ! माँ और बेटा। तुम कौन हो? तुम सड़क से क्यों चल रहे हो? आज रात तुम कहाँ सो जाओगे और फिर कल रात? मैं उनके बाद जाता हूँ। लोग यहाँ-वहाँ गाड़ी चला रहे हैं। शीशे की खिड़कियाँ, लाल फूल, द्वार पर दूध की गाड़ियाँ, मैं जहाँ भी जाता हूँ, रहस्यमयी आकृतियाँ, मुझे तुम दिखते हो मुड़ते हुए, माएँ व बेटे, तुम, तुम, तुम। मैं जल्दबाजी करता हूँ, मैं पीछा करता हूँ। यह मैं समंदर के पास ही सोचता हूँ। आसमान ग्रे होता है, पानी मानो बड़बड़ा रहा होता है। अगर मैं घुटनों पर बैठ जाऊँ, तब भी तुम हो रहस्यमयी आकृतियाँ। मैं तुमसे प्यार करता हूँ। अगर मैं अपनी बाँहें खोलता हूँ, मैं तुम्हें ही प्रेमालिंगन करता हूँ। तुम ही हो, जिसे मैं अपनी तरफ खींचता हूँ—प्यारी दुनिया!

□

शूटिंग पार्टी

वह ट्रेन के अंदर आ गई थी, उसने अपना सूटकेस रैक में रख दिया और अपनी तीतरों की टोकरी को उसके ऊपर रख दिया। अपना सामान व्यवस्थित करने के बाद वह नीचे एक कोने में बैठ गई। ट्रेन मिडलैंड्स और कोहरे के बीच तेजी से भाग रही थी। जब उसने दरवाजे को अपना सामान अंदर रखने के लिए खोला तो उस समय उसके अलावा ट्रेन के अंदर चार यात्री और मौजूद थे। अपना सूटकेस सही जगह टिकाने के बाद वह जिस कोने में बैठी थी, वहीं पर अपनी पीठ टिकाकर लेट गई और पिछले सप्ताह की शूटिंग पार्टी की कहानी सुनाने लगी। वह लेटी तो थी, लेकिन उसने अपनी आँखें बंद नहीं की थीं, बावजूद इसके वह न तो अपने सामने बैठे व्यक्ति को ठीक से देख पा रही थी, न ही यॉर्क की रंगीन तसवीर को। लेकिन वो क्या बातें कर रहे थे, निश्चय ही इसे वह स्पष्ट तौर पर सुन पा रही थी, ऐसा इसलिए लगा, क्योंकि उसके होंठ धीरे से हिले और उसके चेहरे पर मुसकान आ गई। वह दिखने में रसीले सेब और गहरे लाल रंग के गुलाब की तरह खूबसूरत थी। उसके जबड़े पर एक चोट का निशान था, जो कि हँसते समय और भी गहरा हो जाता था। जब वह शूटिंग की कहानी सुना रही थी, तो उस समय वह वहाँ पर एक मेहमान की तरह थी। बरसों पहले वह एक औरत की तरह सजती थी, अखबारों में प्रकाशित तसवीरों

में न तो वह किसी मेहमान की तरह नजर आती थी, न ही नौकरानी की तरह। क्या उसके ह़ाथ में एक टोकरी थी। ये वो औरतें हैं, जो वास्तव में लोमड़ियों की प्रजाति को पालती-पोसती हैं। वास्तव में, ये काली बिल्लियों की मालकिन हैं, जिनका संबंध कहीं-न-कहीं घोड़ों के शिकारियों से है। लेकिन उसके पास तो केवल एक सूटकेस और तीतरों की टोकरी ही थी। वह अपने लिए रास्ता बनाते हुए कमरे के अंदर घुसी और सामान के बीच से उस गंजे आदमी और यॉर्क मिनिस्टर की तसवीर के बीच से सारी चीजों को देख रही थी। निश्चय ही उसने उनके बीच होनेवाली बातचीत भी सुनी होगी। जैसे ही किसी ने शोर मचाया होगा, उसने पीछे से उसके गले पर झट से कुछ नुकीली चीज धँसा दी होगी, “है ना,” इतना कहने के बाद वह धीरे से मुसकराई।

अपने चश्मे को नाक पर टिकाते हुए मिस एंटोनिया के मुँह से उफ् की आवाज निकली। मछली के आकार की भूरे रंग की गीली पत्तियाँ कमरे की बड़ी-बड़ी खिड़की से अंदर गिरने लगीं। भूरे रंग की पत्तियों से भरे पेड़ को कँपकँपाते देखकर शरीर में एक अजीब सी झुरझुरी-सी होने लगी।

अपने चश्मे को नाक पर टिकाते हुए मिस एंटोनिया के मुँह से उफ् की आवाज निकली। मछली के आकार की भूरे रंग की गीली पत्तियाँ कमरे की बड़ी-बड़ी खिड़की से अंदर गिरने लगीं। भूरे रंग की पत्तियों से भरे पेड़ को कँपकँपाते देखकर शरीर में एक अजीब सी झुरझुरी-सी होने लगी। गैलरी से लेकर कमरे तक हर जगह बस अलग-अलग आकार की भूरे रंग की कँपकँपाती हुई गीली पत्तियाँ ही नजर आ रही थीं।

मिस एंटोनिया ने चर्चा करते हुए अपने हाथ में तेजी से पकड़े हुए सफेद सामान को संदिग्ध भाव से दोबारा सूँघा, उन्होंने पाया कि हाथ में

तेजी से पकड़ी हुई मुरगी ने घबराहट में सफेद ब्रेड के एक टुकड़े पर बीट कर दी है। वह तेजी से उसके ऊपर झपटी। हवा का झोंका कमरे के अंदर तेजी से आया और पूरे कमरे को भर गया। कमरे के हिसाब से न तो उसका दरवाजा ही ठीक था, न ही उसकी खिड़कियाँ ही पूरी तरह से फिट थीं। यही वजह थी कि तेज हवा की लहरें किसी सर्प की तरह तेजी से लहराते हुए, खिड़की के अंदर से घुसकर कमरे के अंदर बिछे हुए कालीन के अंदर घुस गईं। कालीन के ऊपर हरे और पीले रंग के पैनल लगे हुए थे और उसके ऊपर पड़ती सूरज की किरणें उसे और भी चटकीला बना रही थीं। कालीन में एक छोटा सा छेद था, सूरज की किरणें उस छेद पर ऐसे पड़ रही थीं, जैसे वे उसे उँगली दिखाकर उसका मजाक उड़ा रही हों। फिर थोड़ी देर में सूरज की किरणें वहाँ से हटकर कमरे के अंदर खूँटी पर टँगे हुए कोट की बाजू पर पड़ने लगीं। सूरज की चटक रोशनी वहाँ रखे सामानों पर पड़कर बहुमूल्य वस्तुओं में तब्दील सी होती जा रही थी। कभी ऐसा लग रहा था कि वहाँ पर खूबसूरत पेंडेंड पहनी हुई जलपरी लेटी हुई हो, कभी किसी और खूबसूरत चीज का आभास होने लगता था। मिस एंटोनिया ने देखा कि कमरे के अंदर रोशनी पूरी तरह से फैल चुकी थी, जिसकी वजह से कमरा रोशन हो गया था। उन्होंने देखा कि वहाँ पर उनके पूर्वजों के रैशेल थे, जिनमें उनके द्वारा विभिन्न जगहों पर की गई यात्राओं के खूबसूरत संस्मरण थे। विभिन्न द्वीपों से इकट्‌ठे किए गए बहुमूल्य रत्नों की बोरियाँ थीं। पूरे कमरे में उनके पूर्वजों की यादें बिखरी

कमरे के हिसाब से न तो उसका दरवाजा ही ठीक था, न ही उसकी खिड़कियाँ ही पूरी तरह से फिट थीं। यही वजह थी कि तेज हवा की लहरें किसी सर्प की तरह तेजी से लहराते हुए, खिड़की के अंदर से घुसकर कमरे के अंदर बिछे हुए कालीन के अंदर घुस गईं।

हुई थीं। अपने मायके की यादों के बीच मिस एंटोनिया सिर से लेकर पैर तक के सभी पैमानों को देख और समझ रही थीं। इन चीजों के बीच मिस एंटोनिया की नजर सूरज की किरणों पर पड़ी और उनकी आँखें उसका पीछा करती हुईं, चाँदी के फ्रेम में जड़ी अंडे के आकारवाले गंजे व्यक्ति की तसवीर तक पहुँच गईं। फ्रेम में मूँछवाले गंजे व्यक्ति की तसवीर थी और उस तसवीर में उस व्यक्ति की मूँछों के ठीक नीचे एक नाम लिखा हुआ था—एडवर्ड।

राजा... मिस एंटोनिया अपने घुटनों पर रखी हुई तसवीर को पलटते हुए बुदबुदाईं। कमरे की रोशनी धीरे-धीरे कम हो रही थी और अब वह नीले रंग का लग रहा था, मिस एंटोनिया ने अपने सिर को पीछे की ओर टिकाते हुए एक गहरी साँस ली।

जब राजा अपने शिकार पर निकलते थे, तो तीतरों का झुंड उनकी बंदूक की नोक पर होता था। उनका निशाना अचूक था। लाल बैंगनी रंग के रॉकेटों से दिखते तीतर राजा की सवारी को देखकर चकित-से हो जाते थे, इसी बीच उनकी बंदूक से निकली गोली से वे घायल होकर नीचे गिर जाते। उस समय उनकी चीख ऐसी होती थी, जैसे कि एक कतार में खड़े होकर बहुत सारे कुत्ते भौंक रहे हों। उनके मन पर छाई सफेद धुएँ की धुंध क्षण भर की उदासी के बाद ही ठीक हो गई। उनके हाथ की सफेद तसवीर धीरे से हिली और वे उदास-सी होकर कुछ देर तक निढाल-सी अपनी जगह पर फैल-सी गईं।

जब राजा अपने शिकार पर निकलते थे, तो तीतरों का झुंड उनकी बंदूक की नोक पर होता था। उनका निशाना अचूक था। लाल बैंगनी रंग के रॉकेटों से दिखते तीतर राजा की सवारी को देखकर चकित-से हो जाते थे, इसी बीच उनकी बंदूक से निकली गोली से वे घायल होकर नीचे गिर जाते।

सड़क के बीच में नीचे की ओर एक गहरा कट था। घायल पंजोंवाले तीतरों से भरी एक गाड़ी पहले से ही रास्ते में खड़ी थी, उनमें जो पंछी थे, उनकी आँखों में जीने की लालसा थी, पक्षी अभी भी जीवित लग रहे थे। लेकिन घायल होने की वजह से वे अपने खूबसूरत नरम पंखों के नीचे छिपे हुए थे। गाड़ी के गरम फर्श पर सोए हुए, वे काफी आराम महसूस कर रहे थे, उस समय उन्हें ऐसा प्रतीत हो रहा था, मानो वो नदी किनारे की नरम मुलायम मिट्टी पर सो रहे हों।

मिस एंटोनिया जैसे जड़-सी हो गई थीं, वो अपने अतीत को टटोलती हुई धधकती हुई यादों के ऐसे भँवर में पहुँच गईं, जहाँ पर सबकुछ उनकी आँखों के सामने ऐसे दिख रहा था, मानो अभी की ही बात हो। वे एक सिरे से दूसरे सिरे को तलाश रही थीं, तभी उन्होंने देखा कि छाल को पूरी तरह से खाया जा चुका था, खाने के लालच में खानेवाले व्यक्ति की मृत्यु हो गई और उसका सफेद रंग का कंगन वहीं रह गया। मिस एंटोनिया ने अपनी आँख खोलकर देखा कि उनके सामने बैठा व्यक्ति उन्हें ठीक उसी तरह से घूर रहा था, जैसे कोई कुत्ता अपने सामने पड़ी खानेवाली चीज को देखता है, एक बार फिर से वे वहीं पर जड़ हो गईं।

सड़क के बीच में नीचे की ओर एक गहरा कट था। घायल पंजोंवाले तीतरों से भरी एक गाड़ी पहले से ही रास्ते में खड़ी थी, उनमें जो पंछी थे, उनकी आँखों में जीने की लालसा थी, पक्षी अभी भी जीवित लग रहे थे। लेकिन घायल होने की वजह से वे अपने खूबसूरत नरम पंखों के नीचे छिपे हुए थे।

फिर अचानक से तेजी से बड़ा दरवाजा खुला और उसमें से दो दुबले-पतले व्यक्ति कमरे के अंदर आ गए। उनके साथ में एक मेज थी, जिसे उन्होंने कारपेट के छेदवाली जगह पर रख दिया। वे बाहर

गए और फिर अंदर आ गए। उन्होंने मेज के ऊपर एक कपड़ा बिछा दिया। वे फिर से बाहर गए और अपने साथ हरे रंग की टोकरी में छुरी, काँटा, गिलास के साथ नमक और चीनी की डिब्बी लेकर आए, उसमें खाने के लिए शकरकंदी, ब्रेड और सलाद की पत्तियाँ भी थीं। मिस एंटोनिया देख रही थीं कि खाने की चीजों के साथ मेज पर चाँदी का एक फूलदान भी था, जिसके अंदर तीन गुलदाउदी के फूल लगे हुए थे। इन सारी चीजों को देखते हुए मिस एंटोनिया अपनी जगह पर जड़वत्-सी पड़ी हुई थीं।

दरवाजा दोबारा से खुला, लेकिन इस बार वह तेजी से खुलने की बजाय धीमे से खुला। दरवाजे से एक छोटा सा कुत्ता लुढ़कते हुए अंदर आया, थोड़ी देर तक दरवाजा ऐसे ही खुला रहा, फिर हाथ में अपनी भारी-भरकम छड़ी लिये हुए बूढ़ी हो चुकी मिस रसेल कमरे के अंदर दाखिल हुईं।

दरवाजा दोबारा से खुला, लेकिन इस बार वह तेजी से खुलने की बजाय धीमे से खुला। दरवाजे से एक छोटा सा कुत्ता लुढ़कते हुए अंदर आया, थोड़ी देर तक दरवाजा ऐसे ही खुला रहा, फिर हाथ में अपनी भारी-भरकम छड़ी लिये हुए बूढ़ी हो चुकी मिस रसेल कमरे के अंदर दाखिल हुईं। उन्होंने अपने चारों ओर सफेद रंग की हीरे जैसी चमकवाली शॉल लपेटी हुई थी। चलने की वजह से वे हाँफ-सी रही थीं, उन्होंने धीमे-धीमे चलते हुए कमरे को पार किया और एक ऊँचे सिरहानेवाली कुरसी पर बैठ गईं। उन्हें देखकर मिस एंटोनिया के अंदर थोड़ी सी चेतना आई और वो अपनी जड़ता से बाहर आने लगीं।

अंत में वो बोलीं—शूटिंग।

बूढ़ी मिसेज रसेल ने अपना सिर हिलाया। उन्होंने अपनी छड़ी को कसकर पकड़ लिया और इंतजार करने लगीं।

राजा की सवारी के साथ शिकारी साथ वापस अपने-अपने घरों को आने लगे। वो घर के बाहर बैंगनी रंग के खेतों के बीचोबीच खड़े हो गए। तब भी और अब भी, शाम के धुँधलके में सबकुछ घुला-मिला-सा था। नीले आसमान में देखकर ऐसा लग रहा था, जैसे कोई अकेला व्यक्ति किसी खूबसूरत द्वीप में बैठा हुआ हो। हवा की ध्वनि ऐसी लग रही थी, जैसे कि दूर से कोई नटखट सा बच्चा घंटी बजा गया हो और धीरे-धीरे उसकी आवाज हलकी होती जा रही हो। उस घर से थोड़ी दूरी पर स्थित चर्च में एक छोटा सा बच्चा सफाई करता हुआ दिख रहा था। इन सभी चीजों के बीच अचानक से आसमान में बैंगनी और गाजरी रंग के खूबसूरत पंखोंवाले तीतर ऊपर और ऊपर उड़ते नजर आने लगे, अचानक एक बार फिर से गोलियों की गड़गड़ाहट सुनाई दी। आसमान में धुएँ की धुंध-सी छा गई और सबकुछ लुप्त-सा हो गया और अपने आप में व्यस्त छोटा सा कुत्ता तेजी से खेतों की ओर दौड़ने लगा और वहाँ पर गिरे हुए तीतरों के गरम और नरम मांस को खाने लगा। तभी आदमियों का एक झुंड वहाँ पर आया और शिकार किए हुए तीतरों को बैलगाड़ी में डालने लगा।

राजा की सवारी के साथ शिकारी साथ वापस अपने-अपने घरों को आने लगे। वो घर के बाहर बैंगनी रंग के खेतों के बीचोबीच खड़े हो गए। तब भी और अब भी, शाम के धुँधलके में सबकुछ घुला-मिला-सा था। नीले आसमान में देखकर ऐसा लग रहा था, जैसे कोई अकेला व्यक्ति किसी खूबसूरत द्वीप में बैठा हुआ हो।

चक्की मिल के मालिक और हाउसकीपर सब-के-सब अपने-अपने गिलास नीचे फेंककर तेजी से बाहर की ओर भागे। मिस एंटोनिया

अभी भी छोटे से अँधेरे कमरे में, जो कि अस्तबल लगता था, में जड़वत् पड़ी हुई थीं। उनके पास एक खुरदरी सी ऊन की बनी हुई जर्सी थी, जिसे उन्होंने अपने बेटे के लिए रखा था। वही लड़का, जो चर्च की सफाई का काम कर रहा था, अब उसने अपना काम खत्म कर लिया था। अंत में वो बुदबुदाते हुए बोलीं, "ओह!" फिर उन्होंने बैलगाड़ी की आवाज सुनी, जिसके पहिए मोची ने बनाए थे, वे उठ बैठीं और यार्ड के अंदर उठकर खड़ी हो गईं। फिर अपने शहतूत के रंगों जैसे हाथों से अंदर आनेवाली हवा को महसूस करते हुए हँस पड़ीं।

"आ रही हूँ!" कहकर वे हँसी और हँसने से उनकी ठुड्डी के पास का निशान और ज्यादा बड़ा दिखने लगा। उन्होंने खेलनेवाले कमरे की कुंडी को खोल दिया और कार्ड को तार की सहायता से उसके अंदर चढ़ाने लगे। पंछी अब मर चुके थे और उनका शरीर अकड़ गया था। उन्होंने उनके पंजों को तेजी से पकड़ रखा था, पंछियों की आँखों की पुतलियाँ पथरा-सी गई थीं, जो कभी बहुत सारे भावों और चमक से भरी रही होंगी। अब उनमें न तो कोई चमक ही थी, न ही कोई भाव दिख रहा था। मिसेज, मालिक, घर की देखरेख करनेवाले और खिलाड़ियों ने अपने हाथों में मरे हुए पंछियों के झुंड को उनकी गरदन से पकड़ा हुआ था। अंदर आने के बाद उन्होंने अपने हाथ में पकड़े हुए मृत पक्षियों को नीचे जमीन पर रख दिया। फर्श पर जगह-जगह खून के धब्बे नजर आ रहे थे। आसमान में

"आ रही हूँ!" कहकर वे हँसी और हँसने से उनकी ठुड्डी के पास का निशान और ज्यादा बड़ा दिखने लगा। उन्होंने खेलनेवाले कमरे की कुंडी को खोल दिया और कार्ड को तार की सहायता से उसके अंदर चढ़ाने लगे। पंछी अब मर चुके थे और उनका शरीर अकड़ गया था।

बड़े-बड़े नजर आनेवाले तीतर अब छोटे दिख रहे थे, ऐसा लग रहा था, जैसे मरने के बाद उनका शरीर सिकुड़ गया हो। इसके बाद उन सलेटी नीले पंखोंवाले तीतरों को उठाकर उन्हें पिन के सहारे लटका दिया गया और फर्श को साफ कर दिया गया, वहाँ से खून के धब्बे हटा दिए गए, अब फर्श खाली था, वहाँ पर खून का नामोनिशान भी नहीं रह गया था।

बैलगाड़ी को चलाते हुए चक्की मालिक बुदबुदाया, "बस यह आखिरी खेप है।"

मेज की ओर इशारा करते हुए रसोइया बोला, "मैम, लंच लगा दिया है।" उसने जिस ओर इशारा किया था, वहाँ टेबल पर सिल्वर पेपर में भोजन लपेटकर रखा हुआ था। वो रसोइए और बेयरे का इंतजार करने लगे।

मिस एंटोनिया ने टोकरी पर अपने सफेद गाउन का दुपट्टा रखा तो वह उसमें अटक गईं, जिसे उन्होंने फुर्ती से दूर हटाया, फिर उन्होंने देखा, टोकरी की नोक पर सफेद फलालैन कपड़े का एक टुकड़ा लगा हुआ था। मिस एंटोनिया ने अपने चश्मे को अपनी छाती पर लगे हुए हुक पर टाँग दिया। फिर वह उठीं।

मिस एंटोनिया ने टोकरी पर अपने सफेद गाउन का दुपट्टा रखा तो वह उसमें अटक गईं, जिसे उन्होंने फुर्ती से दूर हटाया, फिर उन्होंने देखा, टोकरी की नोक पर सफेद फलालैन कपड़े का एक टुकड़ा लगा हुआ था। मिस एंटोनिया ने अपने चश्मे को अपनी छाती पर लगे हुए हुक पर टाँग दिया। फिर वह उठीं।

"लंच रखा है।" वह बूढ़ी मिस रसेल के कान में चिल्लाईं। एक सेकंड के बाद बूढ़ी मिस रसेल ने अपनी टाँगों को फैलाया, फिर अपनी छड़ी को मजबूती से पकड़ा और उठ गई। दोनों बूढ़ी औरतें धीरे-धीरे

खाने की मेज की ओर बढ़ चलीं, दोनों को अलग-अलग तरफ से रसोइए और वरदीधारी नौकर ने सहारा देने के लिए पकड़ा और टेबल तक ले गए। वहाँ पर दोपहर के भोजन के लिए सिल्वर पेपर में लिपटा हुआ तीतर का मांस रखा था।

मिस एंटोनिया ने घुमावदार छुरी को उठाया और उससे तीतर की छाती को काटने लगीं। उन्होंने दो टुकड़े काटे और उसे प्लेट में रख दिया। वरदीधारी नौकर ने उसे उठा लिया, फिर बूढ़ी मिस रसेल ने अपनी छुरी को ऊपर उठाया, तभी उन्हें लकड़ी के दरवाजे के पीछे नीचे से आवाज सुनाई दी।

मिस एंटोनिया ने घुमावदार छुरी को उठाया और उससे तीतर की छाती को काटने लगीं। उन्होंने दो टुकड़े काटे और उसे प्लेट में रख दिया। वरदीधारी नौकर ने उसे उठा लिया, फिर बूढ़ी मिस रसेल ने अपनी छुरी को ऊपर उठाया, तभी उन्हें लकड़ी के दरवाजे के पीछे नीचे से आवाज सुनाई दी।

"आती हूँ", कहते हुए मिस रसेल ने अपने काँटे को शक भरी नजरों से देखा।

यह आवाज हवा चलने के कारण पार्क के अंदर लगे पेड़ों की टहनियों के हवा में लहराने की वजह से आ रही थी।

उन्होंने लजीज तीतर के मांस के एक टुकड़े को अपने मुँह में रखा, अभी उन्होंने ऐसा किया ही था कि खिड़की के अंदर लगे शीशे पर पेड़ की एक या दो टहनियाँ तेजी से टकराईं।

"अब घर के अंदर भी लकड़ियाँ।" मिस एंटोनिया बोलीं। "लगता है, जैसे निशाना चूक गया।" उन्होंने अपनी छुरी को तीतर की दूसरी तरफ की छाती पर रखा और उसके साथ अपने प्लेट में कुछ आलू और तरी डाली और अपनी ब्रेड के ऊपर गोल-गोल करके स्प्राउट्स

और सॉस लगाने लगीं। रसोइया और वरदीधारी नौकर दोनों ही चुपचाप उन्हें ऐसा करते हुए देख रहे थे कि अगर उन्हें किसी और चीज की जरूरत हो तो वे उसे उन्हें तुरंत ही दे दें। दोनों बूढ़ी औरतें खामोशी से खा रही थीं, उन्हें किसी तरह की जल्दबाजी नहीं थी। उन दोनों ने चुपचाप लंच में दिए गए पूरे बटेर को खत्म कर दिया, वहाँ पर प्लेट में सिर्फ उसकी हड्डी ही नजर आ रही थी। उसके बाद नौकर ने सबकुछ जल्दी से साफ कर दिया। मिस एंटोनिया कुछ देर के लिए रुकीं, फिर उन्होंने अपने सिर को एक तरफ को घुमाया।

"इसे मुझे दे दो ग्रिफिथ।" मिस एंटोनिया अपने खास अंदाज में बोलीं। और उन्होंने ढाँचे को अपनी उँगलियों के बीच में फँसाया और उसे मेज पर गोल-गोल घुमाने लगीं। कुछ देर तक बटलर और वरदीधारी नौकर उन्हें ऐसा करते हुए देखते रहे, फिर बाहर चले गए।

मिस रसेल बोली, "मेरे नजदीक आओ और चुपचाप हवा की आवाज को सुनो। देखो, हवा तेज होती जा रही है और उसमें सूखी भूरी पत्तियों की सरसराहट बढ़ती जा रही है। देखो न, कैसे हवा से उड़कर ये भूरे रंग की सूखी पत्तियाँ खिड़की से टकराकर अजीब सी आवाज कर रही हैं।"

मिस रसेल बोली, "मेरे नजदीक आओ और चुपचाप हवा की आवाज को सुनो। देखो, हवा तेज होती जा रही है और उसमें सूखी भूरी पत्तियों की सरसराहट बढ़ती जा रही है। देखो न, कैसे हवा से उड़कर ये भूरे रंग की सूखी पत्तियाँ खिड़की से टकराकर अजीब सी आवाज कर रही हैं।"

उस अजीब सी आवाज को सुनते हुए मिस एंटोनिया बोलीं, "जंगली पंछी।"

बूढ़ी मिस रसेल ने अपना गिलास भर लिया और दोनों धीरे-धीरे घूँट भरने लगीं। मिस रसेल की आँखें नीली और मिस एंटोनिया की आँखों का रंग लाल था। उन दोनों ने जो गाउन पहना हुआ था, वह फैलकर ऐसे लग रहा था, जैसे तीतर के खूबसूरत पंख फैले हुए हों। उन दोनों का शरीर गरम था, पीने के बाद वे एक किस्म की खुमारी में थीं। अपने गिलास को अपनी उँगलियों की पकड़ में रखते हुए मिस रसेल बोलीं, "हम दोनों के लिए ही यह दिन यादगार रहेगा। वह उस तीतर को उठाकर घर लाई थीं, उसकी छाती में एक गोली लगी हुई थी और वह एक कँटीली झाड़ियों में फँसा था, इसलिए उन्होंने उसे उसके पैरों से पकड़ लिया। कितना लजीज था यह।" मिस रसेल अपनी वाइन के घूँट भरती हुई मस्ती भरे अंदाज में बोलीं।

बूढ़ी मिस रसेल ने अपना गिलास भर लिया और दोनों धीरे-धीरे घूँट भरने लगीं। मिस रसेल की आँखें नीली और मिस एंटोनिया की आँखों का रंग लाल था। उन दोनों ने जो गाउन पहना हुआ था, वह फैलकर ऐसे लग रहा था, जैसे तीतर के खूबसूरत पंख फैले हुए हों।

"और जॉन।" मिस एंटोनिया बोलीं। अपने पैरों को छेद में घुसाते हुए मिस रसेल बोलीं, "वो मेयर, वो तो खेत में मर गया। उसके हाथ में शिकार करनेवाला एक रॉड था, वो एक शटर के साथ घर पर भी आया था।" उन्होंने दुबारा से चुस्की ली।

"तुम्हें लिली याद है ?" मिस रसेल बोलीं, "कितनी बुरी थी उफ्", वह अपना सिर ऊपर हिलाते हुए बोलीं। अपने केन से गिलास में शराब डालते हुए मिस एंटोनिया चिल्लाईं, "दिल से सड़ी हुई।"

"तुम्हें कर्नल का पत्र याद है। तुम्हारे बेटे की प्रतिक्रिया ऐसी थी,

जैसे उसके अंदर बीसों राक्षस हों। मन तो हो रहा था, उस आदमी का सिर काट दें। एक सफेद राक्षस उफ्”, उन्होंने फिर से अपने गिलास से एक चुस्की लेते हुए कहा।

मिस रसेल ने बात को आगे बढ़ाते हुए कहा, “हमारे घर का आदमी।” उन्होंने अपने गिलास को हाथ में उठा लिया बिल्कुल उसी अंदाज में, जैसे कि वह किसी मत्स्यपरी को आग में भून रही हों। वह चुप रही। बंदूकों की आवाजें आ रही थीं। अचानक से ही ऐसा लगा, जैसे घर के अंदर किए गए लकड़ी के काम में से कुछ चटक गया हो या फिर प्लास्टर के पीछे कोई चूहा तेजी से दौड़ रहा हो।

“हमेशा औरतें ही क्यों?” मिस एंटोनिया अपना सिर हिलाते हुए बोलीं। “हमारे घर के अंदर वो चक्कीवाला आदमी और वह गुलाबी और सफेद रंगत वाली लूसी क्या तुम्हें याद है?”

मिस रसेल ने बात को आगे बढ़ाते हुए कहा, “हमारे घर का आदमी।” उन्होंने अपने गिलास को हाथ में उठा लिया बिल्कुल उसी अंदाज में, जैसे कि वह किसी मत्स्यपरी को आग में भून रही हों। वह चुप रही। बंदूकों की आवाजें आ रही थीं।

“एलन की बेटी, बकरियाँ और दराँती”, मिस रसेल उसमें और भी चीजें जोड़ते हुए बोलीं।

“और वह लड़की, जो छोटी सी अँधेरी दुकान में दरजी के साथ थी”, मिस एंटोनिया बुदबुदाईं। “पता नहीं, कैसे ये सब हमेशा ऐसा करने को तत्पर रहते हैं।”

“हर सर्दियों में वह उफनती हुई नदी की तरह उफना ही रहता था। और वो लड़का, जो चर्च साफ करता था और उसकी दुबली-पतली सी बहन।”

वहाँ पर कुछ टूटा हुआ गिरा था, शायद चिमनी से टूटकर कोई शीशा फर्श पर गिर गया था। या फिर फायर प्लेस के पास का जो प्लास्टर उधड़ा हुआ था, उसके टुकड़े नीचे गिरकर बिखर गए थे।

"गिर गया।" मिस रसेल मस्ती भरे स्वर में बोलीं, "गिर गया।"

"और कौन?" मिस एंटोनिया कारपेट पर बिखरी पत्तियों को देखते हुए बोलीं। "इसके लिए भुगतान कौन करेगा?"

छोटे बच्चों की तरह किलकारी मारते हुए दोनों एक साथ हँस पड़ीं। उनकी नजर फायर प्लेस को पार करते हुए अपने-अपने गिलास से शैरी की घूँट भरते हुए राख हुई लकड़ियों और नीचे गिरे प्लास्टर पर टिक गई, अब उनके गिलास में शराब की केवल एक बूँद ही बची थी। तली में गाजरी, जामुनी रंग ही नजर आ रहा था। दोनों वृद्ध औरतें आग के और पास बैठ गई थीं, लेकिन अब वे दोनों शराब के गिलास उठाकर अपने होंठों पर नहीं लगा पा रही थीं।

छोटे बच्चों की तरह किलकारी मारते हुए दोनों एक साथ हँस पड़ीं। उनकी नजर फायर प्लेस को पार करते हुए अपने-अपने गिलास से शैरी की घूँट भरते हुए राख हुई लकड़ियों और नीचे गिरे प्लास्टर पर टिक गई, अब उनके गिलास में शराब की केवल एक बूँद ही बची थी। तली में गाजरी, जामुनी रंग ही नजर आ रहा था।

"मिली मास्टर अभी भी कमरे में है।" मिस रशेल बातचीत की दोबारा से शुरुआत करते हुए बोलीं। "वह हमारा भाई है…।"

खिड़की से एक गोली की आवाज आई। इसने जिस टहनी से बारिश टपककर नीचे गिर रही थी, उसे काट दिया था। अब खिड़की

पर लगे रॉड स्पष्ट नजर आ रहे थे और वहाँ से दिख रही थीं बारिश की बूँदें। कारपेट के ऊपर पड़नेवाली रोशनी कम हो गई थी, कारपेट पर पड़नेवाली रोशनी के साथ साथ उनकी आँखों की रोशनी भी कमजोर होती जा रही थी। उनकी आँखों में कंकड़-सा चुभ रहा था और उससे पानी निकल रहा था। सलेटी आँखों की पुतलियों की चमक कम सी हो गई थी और वो सूखी-सी भी हो रही थी। उनके हाथों के पंजे ठीक वैसे ही लग रहे थे, जैसे मरी हुई चिड़िया के पंजे हों, जिनमें कुछ भी ठीक तरह से पकड़ पाने की क्षमता नहीं रह जाती है। उनका शरीर और उसकी त्वचा भी अंदर से सिकुड़ गई थी, जिसकी वजह से शरीर पर पहने हुए कपड़े भी सिकुड़े-से लग रहे थे।

तब मिस एंटोनिया ने अपने गिलास को उठाया और थोड़ा सा कसमसाईं, क्योंकि उनके गिलास में शराब की बस एक आखिरी बूँद ही बची थी, उन्होंने उसे घूँट भरकर खत्म कर दिया। "आती हूँ", वह धीरे से बोलीं और चुपचाप सो गईं, गिलास उनके हाथों से छूटकर नीचे गिर गया था। एक के बाद दूसरे के बाद तीसरा दरवाजा खुलता जा रहा था, गैलरी से किसी के कदमों की आहट सुनाई दे रही थी।

तब मिस एंटोनिया ने अपने गिलास को उठाया और थोड़ा सा कसमसाईं, क्योंकि उनके गिलास में शराब की बस एक आखिरी बूँद ही बची थी, उन्होंने उसे घूँट भरकर खत्म कर दिया। "आती हूँ", वह धीरे से बोलीं और चुपचाप सो गईं, गिलास उनके हाथों से छूटकर नीचे गिर गया था।

"नजदीक और नजदीक।" मिस रसेल बोली, तो उनके तीन पीले दाँत दिख गए।

तभी भारी-भरकम दरवाजा तेजी से खुला। तीन विशालकाय

शिकारी कुत्ते दरवाजे पर खड़े थे। तीनों दरवाजे से अंदर आए और चारों तरफ गोल-गोल घूमने लगे, फिर उन्होंने दरवाजे के पीछे फँसे एक फटे-पुराने कपड़े को सूँघा, उसे दबाया और अपने सिर नीचे करके उसकी जेब में कुछ ढूँढ़ने लगे। फिर उन्हें अचानक से ही मांस की महक आई। गैलरी का फर्श बिल्कुल ऐसे लग रहा था, जैसे पेड़ों और झाड़ियों से घिरा कोई घुमावदार जंगल हो। फिर उन्होंने मेज को सूँघा और उस पर पड़े कपड़े को अपने पंजे से थपथपाया। फिर उन्होंने आपस में एक-दूसरे को वहशियाना तरीके से देखा और उसके बाद वे मेज के नीचे छोटे से पीले रंग के स्पेनियल (एक प्रकार का झबरा कुत्ता) पर झपटे, जो नीचे बैठा शव को अपने दाँतों से कुतर रहा था।

तीनों दरवाजे से अंदर आए और चारों तरफ गोल-गोल घूमने लगे, फिर उन्होंने दरवाजे के पीछे फँसे एक फटे-पुराने कपड़े को सूँघा, उसे दबाया और अपने सिर नीचे करके उसकी जेब में कुछ ढूँढ़ने लगे। फिर उन्हें अचानक से ही मांस की महक आई।

"तुम एक अभिशाप हो, एक अभिशाप", उन्हें यह आवाज सुनाई दे रही थी, लेकिन यह आवाज बहुत धीमी थी। ऐसे लग रहा था, जैसे वह हवा के साथ चिल्ला रहा हो कि "तुम अभिशाप हो, एक अभिशाप", वह अपनी बहनों पर चिल्ला रहा था।

मिस एंटोनिया और मिस रसेल अपने पैरों पर खड़ी हो गईं। बड़े कुत्ते ने स्पेनियल को अपने कब्जे में ले लिया था। उन्हें उसकी चिंता हुई तो उन्होंने उसे बचाने के लिए पीले दाँतोंवाले बड़े कुत्ते के साथ हाथापाई की। कुत्ते ने चमड़े के एक नोकदार टुकड़े को निगल लिया था, कुत्ते को ऐसा करते देखकर वे दोनों कुत्तों को और अपनी बहनों को कोसने लगीं। मेज पर रखा हुआ फूलदान, जिसके अंदर गुलदाउदी का

फूल रखा था, नीचे गिर गया था। एक कुत्ते ने मिस रसेल के गाल को पकड़ा हुआ था, वह बूढ़ी औरत पीछे खिसकते हुए खुद को बचाने का प्रयास कर रही थी। खुद को बचाने के प्रयास में उन्होंने अपनी छड़ी से फायरप्लेस पर बेतहाशा वार किया, जिससे छड़ी फायरप्लेस की शील्ड से जा टकराई, वह वहीं धड़ाम से राख के पास नीचे गिर गईं। दीवार से टकराने की वजह से मिस रसेल की शील्ड टूट गई थी। वह मत्स्य परी और भाले के नीचे गिरकर दब गई थी।

खिड़की के शीशे से टकराकर हवा अंदर आ रही थी, अभी भी बाहर से गोलियों की आवाज आ रही थी, जिसकी वजह से पार्क का एक पेड़ भी नीचे गिर गया था। सिल्वर फ्रेम से जड़े अपने रथ पर सवार राजा एडवर्ड भी नीचे गिर गया!

शाम के धुँधलके में गाड़ी भी धुँधली नजर आ रही थी। गाड़ी में सवार चार यात्री नीचे की ओर ऐसे लटक रहे थे, जैसे कुएँ के अंदर रस्सी से लटकी कोई चीज हो। ऐसा लगता था कि जैसे ये यात्री लंबी यात्रा करके वापस आ रहे हों। यह किसी रेलगाड़ी के तीसरे दर्जे का डब्बा लग रहा था, जिससे कि वे यहाँ तक पहुँचे थे।

शाम के धुँधलके में गाड़ी भी धुँधली नजर आ रही थी। गाड़ी में सवार चार यात्री नीचे की ओर ऐसे लटक रहे थे, जैसे कुएँ के अंदर रस्सी से लटकी कोई चीज हो। ऐसा लगता था कि जैसे ये यात्री लंबी यात्रा करके वापस आ रहे हों। यह किसी रेलगाड़ी के तीसरे दर्जे का डब्बा लग रहा था, जिससे कि वे यहाँ तक पहुँचे थे। उन्हें देखकर ऐसे लग रहा था, जैसे कि अपने जवानी के दिनों में वे काफी खूबसूरत रहे होंगे, उन्होंने बहुत अच्छी पोशाक पहनी हुई थी। उन्होंने पूछा कि क्या यहाँ पर पिछले स्टेशन पर कोई ऐसी औरत चढ़ी है, जो काफी जर्जर अवस्था में है और उसका शरीर अपना

आकार खो चुका है, कहने का मतलब है कि वह बूढ़ी है। उसका शरीर तो बूढ़ा हो चुका है, उस पर झुर्रियाँ आ गई हैं, लेकिन उसकी आँखों में अभी एक अलग सी चमक है। धुंध में सबकुछ गड्ड-मड्ड हो रहा था, वे सब खिड़की से अंदर की ओर देखते हुए, जैसे कुछ तलाश-से रहे थे। खिड़की के बाहर अँधेरा-सा छा रहा था। लैंप की रोशनी धुंध की वजह से धुँधली-सी हो रही थी। मिस एंटोनिया चुपचाप पड़ी हुई थीं, उनकी आँखों में पार्टी और डांस के दृश्य झिलमिलाते हुए आ-जा रहे थे, अतीत की चीजें उन्हें लुभा रही थीं, लेकिन वास्तविकता में वह थोड़ी डरी हुई थीं, उन्हें भविष्य की चिंता सता रही थी। ट्रेन में चहलकदमी करनेवाले बुदबुदा रहे थे कि वहाँ पर तो कुछ भी नहीं मिला। मिस एंटोनिया सोच रही थीं कि यादें भी किसी भूतिया परिवार की तरह होती हैं, जो हर वक्त जेहन में घूमती रहती हैं।

ट्रेन की रफ्तार धीमी हो गई थी। लैंप अपनी रोशनी के साथ पूर्ववत् खड़े थे; फिर वह नीचे गिर गए। जैसे ही ट्रेन स्टेशन पर रुकी, वह पहले के जैसे फिर खड़े हो गए। स्टेशन पर तेज रोशनी नजर आ रही थी, वैसी ही रोशनी कोने में लेटी मिस एंटोनिया की बंद आँखों में भी थी। शायद रोशनी बहुत तेज थी, शायद वह एक सामान्य बूढ़ी औरत थी, जो कि लंदन से किसी सामान्य व्यवसाय के सिलसिले में यात्रा कर रही थी''

ट्रेन की रफ्तार धीमी हो गई थी। लैंप अपनी रोशनी के साथ पूर्ववत् खड़े थे; फिर वह नीचे गिर गए। जैसे ही ट्रेन स्टेशन पर रुकी, वह पहले के जैसे फिर खड़े हो गए। स्टेशन पर तेज रोशनी नजर आ रही थी, वैसी ही रोशनी कोने में लेटी मिस एंटोनिया की बंद आँखों में भी थी। शायद रोशनी बहुत तेज थी, शायद वह एक सामान्य बूढ़ी औरत थी, जो कि

लंदन से किसी सामान्य व्यवसाय के सिलसिले में यात्रा कर रही थी; उसका संबंध किसी बिल्ली, घोड़े या फिर कुत्ते से था; उसने अपना सूटकेस बंद कर दिया और फूलों तथा तीतरों की टोकरी को रैक से उतारकर उसके ऊपर रख लिया। क्या यह वही थी, जिसे सब ढूँढ़ रहे थे। लेकिन उसने कब धीरे से गाड़ी का दरवाजा खोलकर कदम बाहर रखा और 'चच्च' की आवाज किए बिना वहाँ से चली गई।

□

एक साथ और अलग-अलग

श्रीमती डैलोवे ने परिचय करवाते हुए कहा कि आप सभी उसे बहुत पसंद करेंगे। वार्त्तालाप शुरू होने से कुछ मिनट पहले ही श्री सेर्ले और कुमारी अर्मिंग आसमान में देख रहे थे। ऐसा लग रहा था, मानो उस क्षण आसमान में देखकर दोनों आसमान के प्रति, उस रात के प्रति अलग-अलग अर्थ निकाल रहे हों। फिर भी सेर्ले कुमारी अर्मिंग के सामने इस प्रकार से आ गए कि उसे आसमान दिखना ही बंद हो गया। आसमान उस लंबे शरीर, गहरी आँखों और ग्रे बालोंवाले आदमी के पीछे छिप गया था।

"कितनी सुंदर रात है।"

"बेवकूफ, बुद्धिहीन बेवकूफ! लेकिन अगर कोई 40 साल की उम्र में बेवकूफ नहीं होगा, वह भी आसमान के नीचे, जो बुद्धिमान को भी मूर्ख बना दे, ऐसे में वे और श्री सेर्ले, श्रीमती डैलोवे की खिड़की पर खड़े हुए थे तथा उनकी जिंदगियाँ चाँदनी में दिख रही थीं, वैस ही, जैसे एक कीड़े की दिखती है और उससे ज्यादा महत्त्वपूर्ण नहीं।

कुमारी ऐनिंग एक प्रभावशाली मुद्रा में बैठी हुई कहती है, "अच्छा।" और वह उसके साथ ही बैठ गया। "ऐसी उदासी, उन्होंने ऐसे कहा?" कुछ सामान्य रूप से कहा।

"जब मैं लड़की थी, तब कुमारी सेर्ले थीं, जो कैंटरबेरी में रहती थीं।"

श्रीमान सेर्ले, एक नीली रोमांटिक रोशनी में अपने पुरखों के मकबरों की तसवीर सामने लाते हुए बोले, "हाँ, हम मूल रूप से नौरमेन के परिवार से हैं, जो जीतने के उद्देश्य से आए थे। वह गार्टर का शूरवीर था रिचर्ड सेर्ले, जो अब कैथड्रल में दबा हुआ था।" "क्या तुम कैंटरबेरी को खुद जानते हो?" श्रीमान सेर्ले मुसकराए। "हाँ, मैं कैंटरबैरी को जानता हूँ। उसने अपने आपको जिंदगी की गहराई में डुबो दिया था।"

श्रीमान सेर्ले, एक नीली रोमांटिक रोशनी में अपने पुरखों के मकबरों की तसवीर सामने लाते हुए बोले, "हाँ, हम मूल रूप से नौरमेन के परिवार से हैं, जो जीतने के उद्देश्य से आए थे। वह गार्टर का शूरवीर था रिचर्ड सेर्ले, जो अब कैथड्रल में दबा हुआ था।"

"वह एक फल के पेड़ जैसी है, जैसे कि फूलोंवाली चेरी।" उसने सफेद बालोंवाली औरत को देखते हुए कहा। रूथ ऐनिंग ने सोचा कि उसने उसको पसंद नहीं किया, क्योंकि जैसे कि उसकी तुलना चेरी के पेड़ से की जा रही थी, वह झिझकती हुई कह रही थी, "मैं उसे पसंद करती हूँ या पसंद नहीं करती हूँ।" और उसकी यह राय जैसे हमेशा के लिए बन गई थी।

श्रीमान सेर्ले ने कहा, "यह नहीं कि तुम्हें कैंटरबेरी को पहले से ही जान लेना जरूरी है। यह एक असमंजस की स्थिति है (सफेद बालोंवाली महिला वहाँ से गुजरी)।

"जब कोई किसी को मिलता है (जो पहले कभी न मिले हों)। मैं समझता हूँ कि कैंटरबेरी आपके लिए कुछ और नहीं, बल्कि एक

अच्छा, पुराना शहर था तुम्हारे लिए। इसलिए गरमियों के दौरान आप अपनी आंटी के साथ वहाँ ठहरे थे।" यह सभी था, जो रूथ ऐनिंग उसे बताने जा रहा था, अपनी उस कैंटरबेरी की यात्रा के दौरान और तुम वहाँ देखनेवाले स्थलों को देखकर चले गए एवं दोबारा कभी तुमने उनके बारे में सोचा ही नहीं।"

"उसको ऐसे ही सोचने दो; उसको नापसंद करते हुए भी। वह चाहती थी कि वह वहाँ से दूर भाग जाए। लेकिन उसके वे तीन महीने कैंटरबेरी में बहुत बढ़िया रहे। वह आखिरी जानकारी तक यह मानती रही कि यह तो एक मौका था कुमारी चैरलौटे सेर्ले को देखने-मिलने का। उसे कुमारी सेर्ले के वे शब्द भी याद थे, जो उन्होंने 'गरज' के लिए कहे थे।" मैं जब भी जागती थी, या रात को गर्जन सुनती थी तो मुझे लगता था कि जैसे किसी की हत्या हो गई है।

"उसको ऐसे ही सोचने दो; उसको नापसंद करते हुए भी। वह चाहती थी कि वह वहाँ से दूर भाग जाए। लेकिन उसके वे तीन महीने कैंटरबेरी में बहुत बढ़िया रहे। वह आखिरी जानकारी तक यह मानती रही कि यह तो एक मौका था कुमारी चैरलौटे सेर्ले को देखने-मिलने का। उसे कुमारी सेर्ले के वे शब्द भी याद थे, जो उन्होंने 'गरज' के लिए कहे थे।"

"मैं कैंटरबेरी को प्यार करती हूँ।"

"एक दर्जन पार्टी एक सीजन में, कुछ खास नहीं, पर मन में इच्छा थी, जैसे कि चेरी के पेड़।

"कैंटरबेरी, बीस साल पहले···" कुमारी ऐनिंग ने कहा, जैसे कि उसने रोशनी के बल्ब के ऊपर कोई शेड रख दिया हो। कभी-कभी वह सोचती थी कि वह भी शादीशुदा होती। कभी-कभी उसकी जिंदगी

के बीच का समय कितना अच्छा बीता। जब वह तुलना करती थी कि गर्जन के बीच कैटरबेरी जैसे सेबों की तरह फल-फूल रहे थे। वह ऐसी कल्पना कर सकती थी।

अब वह महसूस करने लगी थी इनसान के प्रति लगाव, जो अब अलगाव में प्रतीत होता जा रहा था।

"बिलकुल! वे कुछ भी कर सकते हैं, कुछ भी, लेकिन वे कैंटरबेरी को बदहालात में नहीं बदल सकते।"

वह मुसकराया, उसने कुबूल किया। इस तरह चीजें अपनी आखिरी सीमा तक आ गईं।

"मैंने तुम्हें मैस्ट्रेंजर में देखा था, जब तुमने मुझे अनदेखा कर दिया था, विलियन।" कुमारी कार्टराईट ने कहा, "तुमसे मैं कभी भी दोबारा बात न करूँ। तुम्हें यही इनाम के रूप में मिलना चाहिए।" और वे दोनों अलग हो गए।

□

रानी और वह जौहरी

औलिवर बैकॉन एक ऐसे घर में रहता था, जहाँ से ग्रीन पार्क का दृश्य दिखाई देता था। वह एक फ्लैट में रहता था, जहाँ कुरसियाँ एक साथ रखी हुई थीं, खिड़की के आगे सोफे पड़े थे, ट्रेपेस्ट्री में लिपटे सोफे। उन तीन लंबी खिड़कियों में से नेट व साटन दिख रहा था। महोगनी का साइडबोर्ड ब्रांडी व शराब से भरा हुआ था और बीच वाली खिड़की से वह पिक्काडली की सड़कों पर खड़ी हुई गाड़ियों की छतों को देख रहा था। इससे अच्छा नजारा नहीं हो सकता था। आठ बजे उसका नाश्ता एक पुरुष सेवक लाएगा, वह पुरुष सेवक उसका क्रिमसन पहनावा खोलेगा और अपने लंबे-लंबे नाखुनों से पत्र खोलेगा, जिसमें से सफेद निमंत्रण-पत्र निकलेंगे, रानी, बेगमों, वाईकाउंट की पत्नियों व अन्य माननीय औरतों की ओर से। फिर वह अपना टोस्ट खाएगा और फिर जलते हुए कोयले की रोशनी के पास बैठकर अपना अखबार पढ़ेगा।

"रुको, औलिवर," वह अपने आप को कहता है, तुम जिसने जिदंगी एक गंदी, छोटी सी गली में शुरू की थी, तुम वह हो, जिसने…" और यह कहते हुए उसने अपनी टाँगों की ओर देखा, अपनी पतलून व अपने जूतों की ओर भी। वे सबसे अच्छे कपड़ों की बनी थीं और सैवील रो में सबसे अच्छी कैंची से काटी गई थीं, लेकिन वह अपने आपको कई

बार ध्वस्त कर लेता था और फिर से एक अँधेरी गली में रहनेवाला छोटा बच्चा बन जाता था। उसने एक बार सोचा था कि उसका लक्ष्य कितना बड़ा था—चोरी किए हुए कुत्ते वाइटचपेल की औरतों को बेचना और उसने एक बार ऐसा किया भी था।

"ओह, औलिवर," उसकी माँ ने कहा," ओह, औलिवर! तुममें दिमाग कब आएगा, मेरे बच्चे?"…फिर उसने सस्ती घड़ियाँ बेचीं, वह ऐम्स्टराडेम में एक बटुआ लेकर गया था…इस याद पर वह हँस पड़ता था—वृद्ध औलिवर, युवा औलिवर को याद करता हुआ। हाँ, उसने उन तीन डायमंडों के साथ ठीक ही किया था। पन्ने पर भी कमीशन था। उसके बाद वह हट्टोन बगीचे के पीछेवाले कमरे में गया। वह कमरा, जिसमें तिजोरी थी, तराजू थी, आवर्धक लैंस थे और फिर…और फिर… वह हँसा। उस दोपहर, जब वह जौहरियों के आगे से निकल रहा था, उसने उन जौहरियों को देखा तो वे सोने के दामों के बारे में, सोने की खानों के बारे में, डायमंडों के बारे में व साऊथ अफ्रीका से आई रिपोर्टों के बारे में बात कर रहे थे कि तभी, उनमें से एक उसकी नाक के साथ ऊँगली रखके, "हम म…म…" करके बड़बड़ाएगा। यह बड़बड़ाहट से बढ़कर कुछ नहीं था, नाक पर ऊँगली रखने व कंधे पर धक्के के अलावा और कुछ नहीं था। एक भनभनाहट थी, जो कि हट्टोन बगीचे के जौहरियों में दौड़ती थी। ओह, आज से बहुत सालों पहले! तब भी, औलिवर ने उसे महसूस किया, वह धक्का, वह बड़बड़ाहट, जिसका मतलब था,

"ओह, औलिवर," उसकी माँ ने कहा," ओह, औलिवर! तुममें दिमाग कब आएगा, मेरे बच्चे?"…फिर उसने सस्ती घड़ियाँ बेचीं, वह ऐम्स्टराडेम में एक बटुआ लेकर गया था…इस याद पर वह हँस पड़ता था—वृद्ध औलिवर, युवा औलिवर को याद करता हुआ।

"उसे देखो, युवा औलिवर, वह युवा जौहरी, वहाँ जा रहा है।" तब वह युवा था। वह अच्छे-से-अच्छे कपड़े पहनता था। पहले उसके पास एक अच्छी कैब थी, फिर एक गाड़ी, और पहले वह ड्रेस सर्किल में जाता था, फिर स्टॉलों में। और फिर पहले उसके पास रिचमोंड में एक बँगला था, जिसमें से वह नदी दिखती है, जिसके साथ लाल गुलाब थे तथा मेडम लिस रोज एक गुलाब लेकर उसके फंदे में डाल देती थी।

"तो, " औलिवर बैकॉन ने उठते हुए कहा, "तो··· ।"

वह चिमनी पर पड़ी एक औरत के चित्र के साथ खड़ा था और अपने हाथ उठा रहा था। "मैंने अपनी बात पूरी की है।" उसने हाथ-पर-हाथ रखते हुए कहा, मानो वह उसे श्रद्धांजलि दे रहा हो। "मैंने अपनी शर्त जीत ली," हाँ, ऐसा ही था। वह इंग्लैंड का सबसे अमीर जौहरी था, लेकिन उसकी नाक, मानो उसकी नाक ऐसा कहना चाह रही हो कि वह अभी संतुष्ट नहीं हुआ था। सोचिए, एक सूअर चरागाह में कवक से लिपटा हुआ, जिसका कवक निकालने पर अंदर और बड़ा कवक हो तो औलिवर हमेशा मेफेयर की धरती के नीचे और बड़ा काला कवक सूँघता रहता था।

वह चिमनी पर पड़ी एक औरत के चित्र के साथ खड़ा था और अपने हाथ उठा रहा था। "मैंने अपनी बात पूरी की है।" उसने हाथ-पर-हाथ रखते हुए कहा, मानो वह उसे श्रद्धांजलि दे रहा हो। "मैंने अपनी शर्त जीत ली," हाँ, ऐसा ही था। वह इंग्लैंड का सबसे अमीर जौहरी था, लेकिन उसकी नाक, मानो उसकी नाक ऐसा कहना चाह रही हो कि वह अभी संतुष्ट नहीं हुआ था।

अब उसने अपनी टाई में लगे मोती को सीधा किया, अपने पीले

दस्ताने व बेंत उठाया तथा जिस तरह वह पिक्काडली में चल रहा था, उसी तरह सीढ़ियों से नीचे उतर गया। हालाँकि उसने अपनी शर्त जीत ली थी। क्या वह अभी भी एक असंतुष्ट व्यक्ति था, एक ऐसा व्यक्ति, जो एक ऐसी चीज को ढूँढ़ना चाहता था, जो अभी भी अंदर कहीं छिपी है?

वह इस तरह हिल रहा था, जिस तरह ऊँट तब हिलते हैं, जब वे सब्जी मंडी से जा रहे हों और उनकी पत्नियाँ कागज के लिफाफों से खाती है तथा सिल्वर कागज को यहाँ-वहाँ फेंका होता है। वह ऊँट उन सब्जीवालों से घृणा करता है। उसे अपने सामने पानी व खजूर के पेड़ दिखाई दे रहे हैं, तो दुनिया का सबसे महान् जौहरी, पिक्काडली में चलता हुआ, अच्छी तरह के कपड़े पहना हुआ, तब तक असंतुष्ट रहा, जब तक वह उस छोटी, अँधेरी दुकान तक नहीं पहुँचा। वह दुकान, जो कि फ्रांस, जर्मनी, ऑस्ट्रेलिया, इटली व पूरे अमेरिका में प्रसिद्ध थी— बॉण्ड गली के पास की अँधेरी छोटी दुकान।

वह इस तरह हिल रहा था, जिस तरह ऊँट तब हिलते हैं, जब वे सब्जी मंडी से जा रहे हों और उनकी पत्नियाँ कागज के लिफाफों से खाती है तथा सिल्वर कागज को यहाँ-वहाँ फेंका होता है। वह ऊँट उन सब्जीवालों से घृणा करता है।

हमेशा की तरह बिन कुछ बोले, वह उन चार आदमियों के बीच से निकलकर दुकान में चला गया। दो वृद्ध आदमी, मार्शल व स्पेंसर एवं दो युवा हैमंड व विक्स, जो उसे देख रहे थे। अपने दस्ताने की एक उँगली से ही उसने उनके होने को स्वीकार किया और वह अंदर गया तथा अपने निजी कमरे का दरवाजा बंद कर लिया।

फिर उसने खिड़की खोली। बॉण्ड गली की आवाजें, यातायात की आवाजें अंदर आ रही थीं। दुकान के पीछे से रोशनी भी आ रही थी। एक

पेड़ में छह पत्तियाँ हिल रही थीं, क्योंकि जून था, लेकिन मैडमोसिले ने स्थानीय शराब की भट्ठीवाले पैड्डर से शादी कर ली थी; अब उसके फंदे में कोई गुलाब नहीं फँसता था।

"तो फिर," उसने कहा, "तो फिर…"

फिर उसने दीवार में एक स्प्रिंग को छुआ तो एक दरवाजा सा खुला, जिसके पीछे छह स्टील की तिजोरियाँ थीं, पाँच नहीं, छह और सब स्टील की। उसने चाबी घुमाई, पहले एक को खोला, फिर दूसरी को। हर किसी में नीचे मखमल का कपड़ा बिछा हुआ था। हरेक में जवाहरात थे—कंगन, मालाएँ, अँगूठियाँ, शीशे के डिब्बे में पड़े खुले नग, हीरे, रूबियाँ, पन्ने, मोती, डायमंड। सब सुरक्षित, चमकदार, ठंडे, लेकिन तब भी अपनी ही रोशनी में जलते हुए।

फिर उसने दीवार में एक स्प्रिंग को छुआ तो एक दरवाजा सा खुला, जिसके पीछे छह स्टील की तिजोरियाँ थीं, पाँच नहीं, छह और सब स्टील की। उसने चाबी घुमाई, पहले एक को खोला, फिर दूसरी को। हर किसी में नीचे मखमल का कपड़ा बिछा हुआ था।

"आँसू!" मोतियों को देखते हुए औलिवर ने कहा।

"दिल का खून!," रूबियों को देखकर उसने कहा।

"बारूद!" डायमंड को देखकर व उसकी चमक को देखकर कहा।

"इतना बारूद, जो मेफेयर को उड़ाने के लिए काफी है!" उसने घोड़े की तरह हिनहिनाते हुए कहा।

उसकी मेज पर दूरभाष बजा। उसने तिजोरी बंद कर दी।

"दस मिनट में, उससे पहले नहीं।" उसने कहा। वह अपनी डेस्क पर बैठा व रोम के उन राजाओं के सिर देखने लगा, जो उसकी बाजू पर बने हुए थे। वह एक बार फिर उस छोटे बच्चे की तरह बन गया, जो उस गली में कंचे खेला करते थे, जहाँ रविवार को चोरी के कुत्ते बेचे जाते थे। वह वह छोटा बालक बन गया, जिसके होंठ चेरी के रंग के थे। उसने अपनी अंगुलियाँ मछली के पैन में डालीं, वह भीड़ वाली जगहों पर भी गया। वह पतला था, तेज था एवं उसकी आँखें, मानो चाटे गए पत्थर। और अब घड़ी की सुइयाँ चलने लगीं—एक, दो, तीन, चार···लेमबोर्न की रानी उसका इंतजार कर रही थी, लेमबोर्न की रानी, राजा की बेटी। वह कुरसी पर दस मिनट ही प्रतिक्षा करेगी। वह तब तक इंतजार करेगी, जब तक वह उसे देखने को तैयार न हो। वह हरे रंग के चमड़े के खोल में घड़ी को देख रहा था। ऐसा लग रहा था, मानो हर एक बार सुई उसे शैंपेन का एक गिलास, एक ब्रैंडी का गिलास, एक सिगार आदि दे रही थीं। दस मिनट बीत गए तो उसे चलने की आवाज आई। श्री हैमंड दीवार के सहारे खड़े हो गए।

"दस मिनट में, उससे पहले नहीं।" उसने कहा। वह अपनी डेस्क पर बैठा व रोम के उन राजाओं के सिर देखने लगा, जो उसकी बाजू पर बने हुए थे। वह एक बार फिर उस छोटे बच्चे की तरह बन गया, जो उस गली में कंचे खेला करते थे, जहाँ रविवार को चोरी के कुत्ते बेचे जाते थे।

"उनकी कृपा हो!" उसने कहा।

और वह वहीं, दीवार के सहारे खड़ा रहा।

उसे (औलिवर को) रानी के कपड़ों की आवाज आ रही थी, जब वह नीचे आ रही थी। फिर वह आई तो उसने पूरे कमरे को राजा-

रानी की महक से, सम्मान से, इज्जत से भर दिया और जिस तरह एक लहर टूटती है, वह बैठते वक्त औलिवर बैकॉन पर गिर पड़ी तथा उसे चमकदार रंगों से भर दिया—हरा, गुलाबी, बैंगनी, अपनी महक से भर दिया, क्योंकि वह बहुत मोटी थी, गुलाबी 'तफेता' की पोशाक पहने हुए। जैसे बहुत सारी झालरवाला छत्र, बहुत सारे पंखोंवाला मोर, अपनी झालर बंद करता है, अपने पंख मोड़ लेता है, वैसे ही उसने भी अपने आप को ढक लिया, जैसे ही वह चमड़े की कुरसी पर बैठी।

"सुप्रभात, श्री बैकॉन!" रानी ने कहा और अपने सफेद दस्ताने से हाथ बढ़ाया। औलिवर हाथ मिलाते समय झुका। इससे उनके बीच एक बार फिर मिलाप हुआ। वे दोस्त थे, फिर भी दुश्मन थे, हर कोई एक-दूसरे के साथ छल कर रहा था।

"सुप्रभात, श्री बैकॉन!" रानी ने कहा और अपने सफेद दस्ताने से हाथ बढ़ाया। औलिवर हाथ मिलाते समय झुका। इससे उनके बीच एक बार फिर मिलाप हुआ। वे दोस्त थे, फिर भी दुश्मन थे, हर कोई एक-दूसरे के साथ छल कर रहा था। दोनों को एक-दूसरे की जरूरत थी, दोनों एक-दूसरे से डरते थे और दोनों इसे महसूस करते थे, जब वे उस छोटे कमरे में थे, जहाँ बाहर की सफेद रोशनी व आवाजें आ रही थीं, जहाँ बाहर वह पेड़ था, जिस पर छह पत्ते थे।

"और आज मैं आपके लिए क्या कर सकता हूँ?" औलिवर ने पूछा। रानी ने अपने बैग में से एक चमड़े का थैला निकाला, जो एक दुबले, पीले रंग के जानवर का लग रहा था। उसमें से उसने मोती गिराए—दस मोती। वह वापस बैग में जा गिरे, मानो किसी पक्षी के अंडे हों।

"वे सब मुझे छोड़ गए हैं, श्री बैकॉन।" वह चिल्लाई। 5, 6, 7—वे नीचे गिर रहे थे— 8, 9, 10, वे उस पीच तफेता की रोशनी में गिरे हुए थे—दस मोती।

"एपलेबी कमरबंध से···वह आखिरी था···" उसने शोक मनाया।

औलिवर ने हाथ में एक मोती पकड़ा। वह चमक रहा था, पर क्या वह असली था या नकली? क्या वह दोबारा झूठ बोल रही थी? क्या उसने इतनी हिम्मत दिखाई थी?

उसने अपनी उँगली अपने होंठों के पास रखी।" अगर राजा को पता होता···" वह फुसफुसाई, "प्रिय श्री बैकॉन, थोड़ी सी बदकिस्मती···"

औलिवर ने हाथ में एक मोती पकड़ा। वह चमक रहा था, पर क्या वह असली था या नकली? क्या वह दोबारा झूठ बोल रही थी? क्या उसने इतनी हिम्मत दिखाई थी?

उसने अपनी उँगली अपने होंठों के पास रखी।" अगर राजा को पता होता···" वह फुसफुसाई, "प्रिय श्री बैकॉन, थोड़ी सी बदकिस्मती···"

क्या वह दोबारा जुआ खेल रही थी?

"वह दुष्ट! वह ठग!" वह चिल्लाई।

चिकने गाल की हड्डी वाला व्यक्ति? और अगर राजा को पता चल गया, जो मुझे पता है तो वे इसे काट डालेंगे, मार डालेंगे, औलिवर ने सोचा और तिजोरी की ओर देखने लगा।

"अरमिंटा, डाफेन, डियाना," उसने कहा, "यह उनके लिए है।"

वे औरतें अरमिंटा, डाफेन, डियाना—उसकी बेटियाँ। वह उन्हें जानता था, उनकी प्रशंसा करता था, लेकिन वह डियाना थी, जिससे वह प्यार करता था।

"तुम्हें मेरे सारे राज पता हैं," उसने कहा। आँसू गिरे, हीरे की तरह के आँसू, उसके चेरी जैसे रंग के गालों से पाउडर लेते हुए।

"पुराने दोस्त," वह बड़बड़ाई, "पुराने दोस्त।"

"पुराने दोस्त," उसने दोहराया, "पुराना दोस्त।"

"कितना?" उसने कहा।

उसने मोतियों पर हाथ रख लिया।

"20 हजार।" वह फुसफुसाई।

लेकिन जो एक उसने अपने हाथ में पकड़ा था, वह असली था कि नकली? एपलेबी का कमरबंद, उसने वह पहले ही नहीं बेचा था? वह हैमंड या स्पेंसर को बुलाएगा। "इसे लो व जाँचो," वह कहेगा। वह घंटी बजाने गया।

"कितना?" उसने कहा। उसने मोतियों पर हाथ रख लिया। "20 हजार।" वह फुसफुसाई। लेकिन जो एक उसने अपने हाथ में पकड़ा था, वह असली था कि नकली? एपलेबी का कमरबंद, उसने वह पहले ही नहीं बेचा था? वह हैमंड या स्पेंसर को बुलाएगा। "इसे लो व जाँचो," वह कहेगा। वह घंटी बजाने गया।

"तुम कल आओगे?" उसने रोका, "प्रधानमंत्री, राजसी महाराजा..." वह रुकी।

"और डियाना..." उसने कहा।

औलिवर ने अपना हाथ घंटी से हटा लिया।

उसने उसके पीछे के बॉण्ड गली के घर देखे, लेकिन उसने घर नहीं देखे, बल्कि एक नदी देखी, जिसमें ट्राउट व सैलमन थीं, प्रधानमंत्री थे और वह खुद भी, सफेद कोट में और फिर डियाना। उसने अपने हाथ

में पड़े मोती को देखा, लेकिन वह उसका परीक्षण कैसे करता, नदी की रोशनी में, डियाना की आँखों की रोशनी में? लेकिन रानी की आँखें उसपर थी।

"20 हजार, मेरा सम्मान!" वह चिल्लाई।

डियाना की माँ का सम्मान! उसने अपनी चेकबुक निकाली, अपनी कलम निकाली।

"बीस," उसने लिखा। फिर वह रुक गया। इस तसवीरवाली वृद्ध महिला की आँखें उस पर थीं। वह वृद्ध महिला—उसकी अपनी माँ।

"औलिवर, बेवकूफ मत बनो!" उसने उसे चेतावनी दी।

"औलिवर!" रानी ने कहा, "अब औलिवर" या "श्री बैकॉन, नहीं। तुम एक लंबी छुट्टी बिताने आओगे?"

"औलिवर!" रानी ने कहा, "अब औलिवर" या "श्री बैकॉन, नहीं। तुम एक लंबी छुट्टी बिताने आओगे?" डियाना के साथ जंगलों में अकेले! डियाना के साथ जंगलों में अकेले सवारी करते हुए। "हजार," उसने लिखा व हस्ताक्षर कर दिए। "यह लीजिए," उसने कहा।

डियाना के साथ जंगलों में अकेले! डियाना के साथ जंगलों में अकेले सवारी करते हुए।

"हजार," उसने लिखा व हस्ताक्षर कर दिए।

"यह लीजिए," उसने कहा।

और जैसे ही वह उठी, छत्र के सभी झालर, मोर के सभी पंख, सब खुलने लगे और वे व्यक्ति, दो वृद्ध व दो युवा, स्पेंसर व मार्शल, विक्स व हैमंड काउंटर के पीछे उससे दुश्मनी किए खड़े रहे, जबकि वह

उसे दुकान के दरवाजे तक छोड़ने गया। उसने उन्हें अलविदा कहा और उसने अपना सम्मान अपने हाथों में पकड़ा था—20 हजार का चेक, जिस पर उसके हस्ताक्षर थे।

"यह असली है या नकली?" औलिवर ने अपना निजी द्वार बंद करते हुए पूछा। वे वहाँ थे, 10 मोती, सोख्ता कागज पर। वह उन्हें खिड़की के पास ले गया। उसने उन्हें अपने लेंस के नीचे रखा···यह वह कवक था, जो उसे धरती के अंदर से मिला था। बीच में से भी सड़ा हुआ, अंदर से भी सड़ा हुआ।

"मुझे माफ कर दो, ओह, मेरी माँ!" उसने तसवीर की ओर देखकर हाथ उठाए, मानो वह माफी माँग रहा हो और फिर वह उस गली का एक छोटा बच्चा बन गया, जहाँ रविवार को वे कुत्ते बेचते थे।

"क्योंकि," उसने कहा, "यह एक लंबा सप्ताहांत होगा।"

□

दीवार पर वह निशान

यह इस जनवरी की ही बात थी कि मैंने दीवार पर वह निशान देखा। इसलिए एक दिन तय करने के लिए कि उस दिन क्या हुआ था, यह याद रखना आवश्यक था। अब मैं उस आग के बारे में सोच रहा था, जैसी कि पीली रोशनी मेरी किताब के पृष्ठ पर पड़ रही थी, जैसे कि उस गोल शीशे के बाउल में गुलदऊदी के पौधे की झलक लग रही थी, जो चिमनी पर रखा था। यह सर्दियों का समय ही रहा होगा, जब हमने चाय समाप्त ही की थी और मैं सिगरेट पीते हुए उसके धुएँ में से वहीं दीवार पर उस निशान को देखे जा रहा था। उस निशान के बारे में गहराई से सोचते हुए मैं एक कल्पना में खो गया। एक पुरानी कल्पना, एक ऑटोमैटिक कल्पना ने जैसे मुझे एक बच्चा सा बना दिया था। वह निशान गोलाकार था, काले रंग का, जो सफेद दीवार पर चिमनी से 6 से 7 इंच ऊपर था। एक प्रतिकृति।

कितनी जल्दी हमारे विचार किसी नई वस्तु पर केंद्रित हो जाते हैं, जैसे कि एक चींटी अपने मुँह में एक तिनके का टुकड़ा सँजोए ले जा रही होती और उसे एक जगह सँभालती, इकट्ठा करती जाती है। यदि वह एक कील के द्वारा बनाया गया था तो वह एक तसवीर के लिए नहीं होगा, यदि होगा तो वह औरत की प्रतिकृति के लिए होगा। औरत की प्रतिकृति के लिए। प्रतिकृति में जैसे उसके सफेद पाउडर से लिपटे

घुँघराले बाल, जैसे कि उसके गालों पर पाउडर छिड़का हो, जैसे कि उसके होंठ लाल गुलनार की तरह हों। एक झूठ सच में उन लोगों के लिए, जिनका यह घर था और जिन्होंने इस प्रकार के प्रतिकृति चित्र उन तरीकों से लगा रखे थे—एक पुराना चित्र उस पुराने कमरे के लिए, इसी से पता चलता है कि ये किस तरह के लोग थे, बहुत दिलचस्प लोग। मैं सोचता हूँ कि ऐसे लोगों को कोई भी फिर न देख पाएगा और कभी न जान पाएगा कि आगे क्या हुआ कि वे इस घर को छोड़ना चाहते थे? क्योंकि वे फर्नीचर के प्रकारों को बदलना चाहते थे और वह यह कहना चाहता था कि उसके अनुसार कला के पीछे कारण भी होना चाहिए, क्योंकि उसे झाड़ दिया गया था, जिसमें वह बुजुर्ग औरत के द्वारा भी, जो डाल रही थी और उस युवक के द्वारा, जो टेनिस की गेंद को पीछे वाले बगीचे में मार रहा था, लेकिन उस निशान के लिए मैं यकीन नहीं करता हूँ कि वह कील के द्वारा बनाया गया होगा, क्योंकि वह काफी बड़ा गोलाकार निशान था। मुझे उठना चाहिए, लेकिन यदि मैं उठा और उसे देखने लगा तो दस से एक तक मैं पक्की तरह से नहीं जानता था कि कोई नहीं जानता कि यह सब कैसे हुआ था।

मैं सोचता हूँ कि ऐसे लोगों को कोई भी फिर न देख पाएगा और कभी न जान पाएगा कि आगे क्या हुआ कि वे इस घर को छोड़ना चाहते थे? क्योंकि वे फर्नीचर के प्रकारों को बदलना चाहते थे और वह यह कहना चाहता था कि उसके अनुसार कला के पीछे कारण भी होना चाहिए, क्योंकि उसे झाड़ दिया गया था...

ओह! जिंदगी का रहस्य—विचारों का पूरी तरह सही न हो पाना इनसानियत का अज्ञान, यह दिखाने के लिए कि अपने विचारों पर

नियंत्रण न हो पाना। यह जिंदगी हमारी सभ्यता से बाहर है। जिंदगी में हाथ से फिसलती चीजों को यदि हम गिनें कि बिल्ली क्या खाएगी, चूहा क्या खाएगा? मुझे गिनना पड़ेगा कि पूरी जिंदगी के दौरान क्या खोया है। फिर पक्षियों के पिंजरे थे, लोहे के हूप, स्टील के स्केट, सब चला गया और जेवर भी। ओपल और पन्ना शलगम की जड़ों में पड़े रहते हैं। अचंभे की बात तो यह है कि पीठ पर कपड़े हैं और मैं फर्नीचर से घिरा बैठा हूँ। अगर कोई जिंदगी की किसी चीज की तुलना करना चाहता है तो उसे ट्यूब से 50 मील प्रति घंटे की गति से उड़ाए जाने के बारे में सोचना चाहिए। भगवान् के पास बिल्कुल नग्न पहुँचाया जाना! उस तरह बाल पीछे की तरफ उड़ रहे हों, जिस तरह भागते हुए घोड़े के उड़ रहे होते हैं। यह जिदंगी की रफ्तार दिखाता है।

लेकिन जिंदगी के बाद, हरे रंग के डंठलों का धीरे-धीरे नीचे आना और फूल का मनुष्य को बैंगनी और लाल रोशनी से भर देना। क्यों, जैसे कोई यहाँ जन्म लेता है, वैसे ही नहीं लेना चाहिए, लाचार, बिन बोले, एक जगह दृष्टि न टिकाते हुए? धूप-छाँव को काटते हुए मोटे डंठल होते और गुलाब की आकृति के गुलाबी व नीले रंग के धब्बे, जो वक्त के साथ और गहरे होते जाएँगे, पर मुझे नहीं पता क्या··· ?

लेकिन जिंदगी के बाद, हरे रंग के डंठलों का धीरे-धीरे नीचे आना और फूल का मनुष्य को बैंगनी और लाल रोशनी से भर देना। क्यों, जैसे कोई यहाँ जन्म लेता है, वैसे ही नहीं लेना चाहिए, लाचार, बिन बोले, एक जगह दृष्टि न टिकाते हुए?

और वह निशान, जो दीवार पर था, वह निशान ही था, मोरी नहीं। यह कुछ काले रंग की चीज से भी बन सकता है, जैसे कि छोटी सी गुलाब की पत्ती, जो कि पिछली गरमियों से वहाँ चिपकी रह गई हो और चिमनी के टुकड़े पर धूल जमी पड़ी थी। पेड़, जो कि खिड़की के बाहर थे,

झुके हुए थे··· । मैं शांति से चुपचाप सोचता रहा, चाहता था कि कोई भी दखलअंदाजी न कर पाए। मैं चाहता हूँ कि मैं और गहराई से इसमें डूब जाऊँ, धरातल से दूर अपने आप को शांत करने के लिए, जैसे एक विचार आया, जो जैसे हाथ से निकला जा रहा है—शेक्सपीयर···एक इनसान, जो अपनी आराम कुरसी पर बाँहें फैलाए एकटक उस आग में देखे जा रहा था, जैसे स्वर्ग से कई विचार उसके दिमाग में आ रहे थे, चल रहे थे। उसने अपना माथा अपने हाथ में ले रखा था और लोग, जो उसे खुले दरवाजे से देख रहे थे, जैसे कि उनके लिए तो उसे इस अवस्था में देखकर उनका तो दिन बन गया था, पर सबकुछ कितना फीका सा जान पड़ रहा था, जैसे ऐतिहासिक कल्पना पर आधारित साहित्य। मुझे इसमें दिलचस्पी नहीं थी। मैं चाहता था कि कुछ अच्छा सोचूँ, कुछ ऐसा कि मुझे ही श्रेय दें, क्योंकि वे लोग, जिन्हें अपनी बड़ाई सुनना अच्छा नहीं लगता, उनके दिमाग में ज्यादातर ऐसे विचार ही आते हैं। वे ऐसे विचार नहीं हैं, जो खुद की तारीफ करें। यही उनकी सुंदरता है, ये ऐसे विचार हैं।

मैं शांति से चुपचाप सोचता रहा, चाहता था कि कोई भी दखलअंदाजी न कर पाए। मैं चाहता हूँ कि मैं और गहराई से इसमें डूब जाऊँ, धरातल से दूर अपने आप को शांत करने के लिए, जैसे एक विचार आया, जो जैसे हाथ से निकला जा रहा है—शेक्सपीयर···एक इनसान, जो अपनी आराम कुरसी पर बाँहें फैलाए एकटक उस आग में देखे जा रहा था, जैसे स्वर्ग से कई विचार उसके दिमाग में आ रहे थे, चल रहे थे।

और फिर मैं कमरे के अंदर आया। वे 'बॉटोनी' के बारे में बातचीत कर रहे थे। मैंने कहा कि किंगस्वे के एक पुराने घर के दरमियान एक मिट्टी के ढेर के ऊपर कैसे एक फूल को उगा देख पा रहा हूँ। उस

फूल का बीज दबाया गया होगा 'चार्ल्स द फर्स्ट' के दायरे में। मैंने पूछा, "कौन सा फूल खिला है चार्ल्स द फर्स्ट के दायरे में? (लेकिन उत्तर मुझे याद नहीं है) लंबे बैंगनी रंग के फूल! पूरे वक्त मैं अपने दिमाग में अपने आप को प्यार से तैयार हुए देखता था, सबके सामने यह सबको जाहिर न करते हुआ, क्योंकि अगर ऐसा होता है तो सबको लगेगा कि मैं स्वयं की सुरक्षा के लिए हाथ बढ़ा रहा हूँ। यकीनन यह उत्साहपूर्ण होता है कि कोई अपनी छवि को बचाने के लिए किस हद तक जाए कि दूसरा यकीन ही न कर पाए। यह एक बहुत जरूरी मुद्दा है। उदाहरण के लिए, यदि एक मुँह देखनेवाला आईना चकनाचूर हो जाए तो उसमें दिखने वाली छवि गायब हो जाए। हरे-भरे जंगल गायब हो जाएँ, लेकिन इनसान का वह खोल, जिसे लोग देखते हैं, वह रह जाए, यह कितनी खोखली, बिना हवा की दुनिया बन जाएगी। एक ऐसी दुनिया, जहाँ नहीं रहा जा सकता, जैसे हम एक-दूसरे को ओमनी व भूतल रेलवे में देखते हैं, हम उस आईने में देख रहे होते हैं, जो अस्पष्टता हमारी आँखों में आईने की चमक, इन सबके लिए जिम्मेदार है और भविष्य में आनेवाले उपन्यासकार यह महसूस करेंगे। इस तरह की झलक भी? उसके ज्ञान, विद्या का कोई मोल न रखना, जैसे कि ग्रीकों ने किया और शेक्सपीयर ने भी। सैनिकों की आवाज भी काफी है। यह मशहूर आर्टिकलों के बिना मिनिस्टरों, मंत्रियों की याद दिलाता है।

यकीनन यह उत्साहपूर्ण होता है कि कोई अपनी छवि को बचाने के लिए किस हद तक जाए कि दूसरा यकीन ही न कर पाए। यह एक बहुत जरूरी मुद्दा है। उदाहरण के लिए, यदि एक मुँह देखनेवाला आईना चकनाचूर हो जाए तो उसमें दिखने वाली छवि गायब हो जाए।

इन बातों से लंदन के रविवार की दोपहर के भोजन की याद आती है। हर चीज के लिए एक नियम था, जैसे कि शानदार महलों के गलियारों में गलीचों की फोटो थीं, जो मेजों के कपड़े थे, वे वास्तव में मेजों के कपड़े नहीं थे। रविवार के दोपहर के भोजन, रविवार की पैदल सैर आदि, ये सब असली नहीं थे और जो इन बातों को नहीं मानता था, उसे सजा रूपी अवैध स्वतंत्रता मिलती थी। अब मैं सोचता हूँ कि इन चीजों की जगह कौन सी चीजें लेती होंगी, सच्ची चीजें? आदमी को औरत होना चाहए था। वह पुरुष प्रधान सोच, जो हमारी जिंदगियों को चलाती है, जो कायदे बनाती है, जिसने विटकर की प्रधानता की सारणी बनाई, जो मुझे लगता है, लड़ाई के बाद से आधे पुरुष महिलाओं के लिए प्रेत समान बन गए हैं, जो जल्दी ही, शायद उस कूड़ेदान में चले जाएँगे, जहाँ प्रेत जाते हैं; महोगनी के साइडबोर्डों में चले जाएँगे हम सबको अवैध स्वतंत्रता के नशे में छोड़कर, अगर स्वतंत्रता स्थित होती है तो…

इन बातों से लंदन के रविवार की दोपहर के भोजन की याद आती है। हर चीज के लिए एक नियम था, जैसे कि शानदार महलों के गलियारों में गलीचों की फोटो थीं, जो मेजों के कपड़े थे, वे वास्तव में मेजों के कपड़े नहीं थे।

यहाँ पर प्रकृति एक बार फिर से अपने पुराने खुद को सँभालने के खेल के रूप में है। एक रेलगाड़ी के प्रकार से ऐसे विचार भी आते हैं कि केवल ऊर्जा का बेकार हो जाना, कई बार टक्कर भी हो जाना, कभी कोई एक अंगुली भी उठा पाएगा 'विहटेकर्स टेबल ऑफ प्रेसीडेंसी' के खिलाफ? मुख्य धतवीध्यक्ष सैंटरबरी के पीछे लॉर्ड हाई चांसलर होता है। लॉर्ड हाई चांसलर के पीछे धमकी होते हैं यार्क के। हर एक के पीछे कोई–न–कोई होता है। ये दर्शन थे विठेकर के और सबसे बड़ी बात यह जानने

की है कि कौन किसके पीछे है तथा उस प्रकृति को, जो तुम्हें आराम दे और यदि वह तुम्हारे दिमाग, तुम्हें आराम न दे पाए तो यदि आप यह एक घंटा अपने दिमाग को बिखरने देना चाहते हैं तो सोचें कि दीवार पर वह लगा हुआ निशान किस चीज का होगा ? मैं प्रकृति के खेल को समझता हूँ। उसकी क्रिया, जो मुझे भीतर तक हिला देती है, झिंझोड़ देती है— दर्द-ही-दर्द चारों तरफ। इसलिए मैं मान के चलता हूँ कि मामूली अवमानना आदमियों के खिलाफ, जिनके बारे में हम सोचते हैं कि वे बिल्कुल नहीं सोचते। फिर भी उस दीवार पर लगे निशान को देखते हुए हमें एक विराम लगा देना चाहिए, उनके -हमारे विचारों के प्रति न माननेवालों को।

अब कैसे उस निशान पर अपनी आँखें टिका दी हैं। मुझे लगने लगा है, जैसे डूबते हुए को तिनके का सहारा मिल गया है। जिन्होंने दोनों बिशपों और लॉर्ड हाई चांसलर को परछाइयों के अँधेरे में रख दिया हो। यहाँ पर कुछ-न-कुछ तो पक्का है"इस प्रकार से कैसे आधी रात के उस उखाने स्वप्न में से निकलकर रोशनी में आ जाता है।

अब कैसे उस निशान पर अपनी आँखें टिका दी हैं। मुझे लगने लगा है, जैसे डूबते हुए को तिनके का सहारा मिल गया है। जिन्होंने दोनों बिशपों और लॉर्ड हाई चांसलर को परछाइयों के अँधेरे में रख दिया हो। यहाँ पर कुछ-न-कुछ तो पक्का है"इस प्रकार से कैसे आधी रात के उस उखाने स्वप्न में से निकलकर रोशनी में आ जाता है। तसल्ली से लेटा हुआ, जैसे कि वह ड्रार की पूजा कर रहा हो, जैसे कि एक आत्मविश्वास सा आ गया हो। यह हकीकत हम जैसे जानना चाहते हों कि जंगल, लकड़ी के बारे में हम सोचें, ये पेड़ों से पनपते, बनते हैं। पेड़ उगते हैं, सालों-साल लग जाते हैं उन्हें बढ़ने में। घास के मैदानों में, जंगलों में, नदी के किनारों पर। वे सब

चीजें, जिसके बारे में हर एक व्यक्ति जानना चाहता है। गाय गरमियों में पूँछ हिलाती है, वे नदियों को इतना हरा रंग देते हैं कि जब कोई मुरहेन उस नदी में डुबकी मारता है तो हर कोई समझता है कि जब वह पानी में से बाहर निकलेगा तो उसका रंग हरा हो जाएगा। मुझे नदी के किनारे की रेत के बारे में सोचना पसंद है। मुझे पेड़ों के बारे में सोचना भी अच्छा लगता है। पहले लकड़ी होने का वह एहसास, फिर तूफान से पिसे जाना, फिर वह धीरे पौधों के रस का निकलना। मुझे इसके बारे में भी सोचना अच्छा लगता है। मुझे सर्दियों की रातों में, उसके बारे में भी सोचना अच्छा लगता है, जब उसकी पत्तियाँ भी मुड़ी-तुड़ी होती हैं। इससे नाजुक चंद्रमा के सामने कुछ उजागर नहीं हो सकता। ऐसी धरती पर एक मस्तूल, जो पूरी रात घूमता ही रहता है, घूमता रहता है। पक्षियों की आवाज जून के महीने में बहुत अजीब और ऊँची सुनाई पड़ती है। कीड़े-मकोड़े के पैर कितना ज्यादा ठंडक महसूस करते होंगे, जैसे ही वह टहनियों की तरफ बढ़ रहे होते हैं। उनकी डायमंड कट आँखों पर जब सूरज की धूप सीधी पड़ती होगी। एक के बाद एक पेड़ के रेशे धरती के बेहद ठंडे हिस्से में गिर और दब रहे थे। आखिर में जैसे तूफान आया और पेड़ों की बड़ी शाखाओं को अपने साथ लेकर जैसे जमीन में दबाने लगा। फिर भी पेड़ों के जिंदा बचे रहने, पूरे संसार में, सोने के कमरों में, पगडंडियों में, पास बनी पहरियों में, लाइनिंग के कमरों में, जहाँ आदमी और औरतें

मुझे पेड़ों के बारे में सोचना भी अच्छा लगता है। पहले लकड़ी होने का वह एहसास, फिर तूफान से पिसे जाना, फिर वह धीरे पौधों के रस का निकलना। मुझे इसके बारे में भी सोचना अच्छा लगता है। मुझे सर्दियों की रातों में, उसके बारे में भी सोचना अच्छा लगता है, जब उसकी पत्तियाँ भी मुड़ी-तुड़ी होती हैं।

चाय पीने के बाद सिगरेट पीने के लिए बैठते हैं। ये सब जैसे शांतिपूर्वक विचार आते हैं—यह पेड़। मैं इन सबको अलग-अलग से ले जाना पसंद करूँगा, लेकिन जैसे रास्ते में कुछ आ रहा था…वह क्या था, मैं कहाँ था, यह सब किसके लिए था, एक पेड़, एक नदी? नीचे की तरफ! विलटेकर की एलमेनेक, एसफीजल के खेत? मुझे कुछ भी याद नहीं है। प्रत्येक चीज जैसे चलती हुई, मिटती हुई, हाथों से निकलती हुई, गायब होती हुई…जैसे सबकुछ उथल-पुथल हो रहा है। कोई मेरे ऊपर मुझे कह रहा हो, कि मैं एक अखबार खरीदने जा रहा हूँ, हाँ; हालाँकि अखबार खरीदना कोई अच्छी बात नहीं है।…कभी कुछ नहीं होता। इस युद्ध को श्राप लगे। उफ! भगवान् यह युद्ध!…सबकुछ एक समान ही है। मुझे समझ में नहीं आता कि हमारी दीवार पर घोंघा क्यों होना चाहिए?

"ओह, दीवार पर वह निशान! वह एक घोंघा था।

□

नीला और हरा

हरा

शीशे की बनी उँगलियाँ नीचे की ओर लटकी हुई थीं। रोशनी शीशे से होकर आती थी और मानो नीचे हरे रंग का तालाब सा बना रही थीं। पूरे दिन वे चमकती हुईं 10 उँगलियाँ संगमरमर पर मानो हरा रंग गिरा रही थीं। तोते के पंख, उनकी कठोर आवाजें, खजूर के पेड़ के तीखे कोने, वे भी हरे सुइयों की तरह सूरज की रोशनी में चमकते हुए; लेकिन वह शीशा संगमरमर पर रोशनी टपका रहा था। रेगिस्तान की मिट्टी पर तालाब मँडरा रहे थे। ऊँट उसपर लड़खड़ा रहे थे। संगमरमर पर तालाब बन चुका था, जंगली घास उसे रोक रही थी। यहाँ–वहाँ सफेद फूल खिल रहे थे और मेढ़क कूद रहे थे। रात में वहाँ वे तारे ढलते हैं, जो टूटते नहीं। शाम आती है और परछाई चिमनी पर हरा रंग बिखेर देती है। समंदर की झालरदार सतह पर कोई जहाज नहीं आता, लक्ष्यहीन लहरें आसमान के पार बह जाती हैं। अब रात है, सुइयाँ नीले रंग के धब्बे टपका रही हैं और हरा रंग जा चुका है।

नीला

वह छोटी नाकवाला राक्षस सतह पर आता है और अपने नथुनों से पानी छोड़ता है, बीच में आग सा सफेद व नीले मोतियों सा आकार देते

हुए छोड़ता है। उसकी काली खाल पर जैसे नीली धारियाँ पड़ रही थीं। मुँह व नथुनों से पानी निकालते हुए वह गाता है और पानी उसकी पत्थर सी दिखने वाली आँखों के ऊपर गिर के उन्हें बंद करता है। वह कुंद होकर सूखे नीले रंग के स्केल गिराता हुआ, वह समुद्र-तट पर पड़ा रहता है। उनके नीले रंग के समुद्र-तट पर पड़े लोहे को जंग लग जाता है। उस बरबाद हो चुकी रोइंग नाव की लकड़ियाँ भी नीली हैं। नीली घंटियों के नीचे एक लहर घूमती है, लेकिन कैथेड्रल अलग है, ठंडा, सुगंध से भरा, फीका नीला, मैडोना के आवरण के साथ।

□

वह आदमी, जिसे अपनी इनसानियत पसंद थी

उस दोपहर को डींस के बाग से यात्रा करते हुए प्रिकेट ऐलिस सीधा रिचर्ड डैलोवे से टकरा गया, या यों कहें कि आगे से निकलते समय जिस तरह वे दोनों एक-दूसरे को देख रहे थे, टोपी के नीचे, कंधों के ऊपर, वह पहचानने में बदल गया। वे बीस साल से नहीं मिले थे। वे विद्यालय में साथ पढ़ते थे, लेकिन ऐलिस क्या कर रहा था, बार में काम? हाँ, उसने उसके बारे में अखबार में पढ़ा था, लेकिन यहाँ बात कर पाना असंभव था। वह उस शाम को छोड़ना नहीं चाहता था। (वे एक ही जगह पर रहते थे—बहुत पास)। एक-दो लोग आ रहे थे। शायद जोयनसन। "एक भयंकर सी बदबू आ रही है।" रिचर्ड ने कहा।

"ठीक है, आज शाम तक फिर…" रिचर्ड ने कहा और अपने रास्ते चल दिया। वह खुश था, क्योंकि वह एक ऐसे व्यक्ति से मिला था, जो जरा भी बदला नहीं था। गाँठदार, गोल-मटोल बच्चा, जिसके साथ सभी पक्षपात करते थे, लेकिन वह बहुत ही बुद्धिमान था, उसने न्यूकासल जीता था। खैर, वह चला गया था।

प्रिकेट ऐलिस, जब मुड़कर डैलोवे को जाते हुए देख रहा था, तब चाहता था कि काश वह कभी उससे मिला ही न होता, या कुछ नहीं तो

यह कि क्योंकि वह उसे व्यक्तिगत तौर पर पसंद करता था, वह पार्टी में जाने के लिए वादा न करता। डैलोवे शादीशुदा था, पार्टियाँ देता था, उसकी तरह का बिल्कुल नहीं था। उसे तैयार होना पड़ेगा। खैर, जैसे-जैसे शाम होती गई और जैसा उसने सोचा था कि वह गुस्सैल नहीं लगना चाहता था, उसे वहाँ जाना ही था।

और यह कितना मनोरंजक था। वहाँ जोयनसन था और उनके पास एक-दूसरे को कहने के लिए कुछ नहीं था। वह एक गर्वित लड़का था, जो अपने आपको ज्यादा महत्त्वपूर्ण समझता था, बस इतना ही। उस कमरे में और कोई भी नहीं था, जिसे प्रिकेट एलिस जानता हो; कोई भी नहीं। अब चूँकि वह बिना कुछ कहे नहीं जा सकता था, जो सफेद बास्कट पहने अभी अपने कर्तव्यों में व्यस्त था, उसे वहाँ खड़ा रुकना ही पड़ा। व्यस्क पुरुष-महिलाओं का सोचिए, वे अपनी जिदंगी के इर दिन यही करते हैं। ये वाक्य और भी गहरे होते गए, जब वह दीवार की ओर झुका। हालाँकि वह घोड़े की तरह काम करता था, वह व्यायाम से अपने-आपको तंदुरुस्त भी रखता था। वह कसा हुआ था। उसके तुच्छ कपड़े उसे मैला, तुच्छ व कोणीय दिख रहे थे।

और यह कितना मनोरंजक था। वहाँ जोयनसन था और उनके पास एक-दूसरे को कहने के लिए कुछ नहीं था। वह एक गर्वित लड़का था, जो अपने आपको ज्यादा महत्त्वपूर्ण समझता था, बस इतना ही। उस कमरे में और कोई भी नहीं था, जिसे प्रिकेट एलिस जानता हो; कोई भी नहीं।

व्यर्थ बातें करते हुए हद से ज्यादा तैयार हो चुके पुरुष व महिलाएँ, जिनके मस्तिष्क में कुछ विचार नहीं था, हँसते व बातें करते जा रहे थे और प्रिकेट उन्हें देख रहा था तथा ब्रुनर्स से तुलना करता था, जो जब फैंर्स ब्रिवरी के खिलाफ केस जीत गए थे और उन्हें 200 पाउंड का मुआवजा

मिला (उन्हें जो मिलना चाहिए था, यह उसका आधा भी नहीं था), वह गया और उसके लिए 5 पाउंड की घड़ी लेकर आया। यह एक अच्छा कार्य था। वह इन लोगों को और भी कठोरता से घूरने लगा, जो हद से ज्यादा तैयार हो रखे थे, अमीर थे और वह अभी क्या महसूस कर रहा था, उसकी वह तुलना कर रहा था उस एहसास से, जो उसे उस दिन सुबह 11 बजे हुआ था, जब ब्रुनर व मिसेज ब्रुनर ने उसे बुलाया था, वह छोटा उपहार देने के लिए और किस तरह वह बुजुर्ग उसे गर्व से भरा भाषण दे रहा था और मिसेज ब्रुनर ने भी कहा कि वे उसके कितने आभारी थे तथा वे उसकी उदारता की बड़ाई कर रहे थे, क्योंकि, उसने कुछ भी फीस नहीं ली थी।

और जैसे ही उसने वह घड़ी लेकर अपनी चिमनी के बीच रखी, वह चाह रहा था कि कोई उसका चेहरा न देखे। यही उसका उपहार था, वह इसी के लिए काम करता था और उसने उन लोगों की ओर देखा, जो सच में उसकी आँखों के सामने थे, मानो वे उसके कक्ष में नृत्य कर रहे हों और उसकी वजह से सामने आ गए हों।

और जैसे ही उसने वह घड़ी लेकर अपनी चिमनी के बीच रखी, वह चाह रहा था कि कोई उसका चेहरा न देखे। यही उसका उपहार था, वह इसी के लिए काम करता था और उसने उन लोगों की ओर देखा, जो सच में उसकी आँखों के सामने थे, मानो वे उसके कक्ष में नृत्य कर रहे हों और उसकी वजह से सामने आ गए हों। और जैसे ही वे गायब हुए, बुनर्स गायब हुए, वहाँ वही बाकी था, सबका सामना करनेवाला, एक बिल्कुल सादा, बिल्कुल सरल पुरुष, बेहद गंदी तरह से सजा हुआ, जिसमें जरा भी इनायत नहीं थी। एक ऐसा व्यक्ति, जो अपने एहसास छिपा नहीं सकता था, एक साधारण इनसान, जिसे दुष्टों पर दया आती थी, भ्रष्टाचार पर दया आती थी, दुनिया की निर्दयता

पर दया आती थी, लेकिन वह घूरता ही नहीं रहेगा। अब उसने अपनी ऐनक पहनी, और तसवीरें देखने लगा। उसने किताबों के शीर्षक पढ़े, ज्यादातर कविताओं के। वह अपने पुराने पसंदीदा लोगों की कृतियाँ जरूर पढ़ता—शेक्सपीयर, डिकेन। वह चाहता था कि वह कभी राष्ट्रीय गैलरी जा सकता, लेकिन वह नहीं जा सकता था। नहीं, वह नहीं जा सकता था। सच में कोई नहीं जा सकता, जिस हाल में वह है। तब नहीं, जब लोग आपकी मदद माँगे, बल्कि तब, जब वह आपकी मदद के लिए चिल्ला रहे हों। यह उम्र विलासिताओं की नहीं थी। उसने हाथ कुरसियों की ओर, कागज के चाकुओं की ओर, अच्छी जिल्द चढ़ी हुई किताबों की ओर देखा और अपना सिर हिलाया यह सोचते हुए कि न ही कभी उसके पास इतना वक्त होगा और न ही इतना दिल कि वह इन विलासिताओं को भोग पाएँ। यहाँ के लोग चौंक जाएँगे, अगर उन्हें पता चला कि उसने अपने तंबाकू के पैसे कैसे दिए, उसने अपने कपड़े कहाँ से माँगे। उसकी एक ही फिजूलखर्ची थी और वह भी नौरफोक ब्रोडस पर उसकी नौका और उसकी इजाजत उसने ही खुद को दी थी कि साल में एक बार वह सबसे दूर जाकर अकेले रह सके। वह सोच रहा था कि ये लोग कितना चौंक जाएँगे, अगर वे यह जानेंगे कि वह जो था, उसे उससे कितना सुख प्राप्त होता था—पुराने सोच वाला, इतना कि वह प्रकृति, पेड़ों व खेतों से प्यार कर सके, जबसे वह एक छोटा लड़का था।

यहाँ के लोग चौंक जाएँगे, अगर उन्हें पता चला कि उसने अपने तंबाकू के पैसे कैसे दिए, उसने अपने कपड़े कहाँ से माँगे। उसकी एक ही फिजूलखर्ची थी और वह भी नौरफोक ब्रोडस पर उसकी नौका और उसकी इजाजत उसने ही खुद को दी थी कि साल में एक बार वह सबसे दूर जाकर अकेले रह सके।

ये लोग चौंक जाएँगे। वास्तव में वहाँ खड़े-खड़े, अपनी ऐनक जेब में डालते हुए उसे लग रहा था कि वह और चौंक रहा है फिर यह काफी अमान्य एहसास बन गया। उसे यह महसूस नहीं हुआ कि वह इनसानियत को प्यार करता था कि उसने तंबाकू के लिए बस 5 पैंस व एक आउंस ही दिया था या उसे प्रकृति से प्यार था। चुपचाप एवं प्राकृतिक तौर पर। ये सब आनंद, विरोध में बदल गए थे। उसे लगा, वे सभी लोग, जिनसे वह नफरत करता था, उसे खड़ा करके अपने आप को उचित सिद्ध करने के लिए कह रहे थे, "मैं एक साधारण व्यक्ति हूँ," वह कहता गया और फिर जो उसने कहा, उसके लिए वह बेहद शर्मिंदा था, लेकिन उसने यह कहा, "मैंने अपनी अच्छाई के लिए एक दिन में ही इतना ज्यादा किया है, जितना आपने अपने जिदंगी में भी नहीं किया।" वास्तव में वह अपने आपकी मदद नहीं कर पा रहा था। वह दृश्य के बाद दृश्य याद कर रहा था, जैसे कि तब, जब ब्रूनर्स ने उसे घड़ी दी थी। वह याद कर रहा था कि लोगों ने उसे उसकी इनसानियत के लिए क्या-क्या नहीं कहा था—उसकी उदारता के बारे में, उसके मददगार व्यवहार के बारे में।

ये लोग चौंक जाएँगे। वास्तव में वहाँ खड़े-खड़े, अपनी ऐनक जेब में डालते हुए उसे लग रहा था कि वह और चौंक रहा है फिर यह काफी अमान्य एहसास बन गया। उसे यह महसूस नहीं हुआ कि वह इनसानियत को प्यार करता था कि उसने तंबाकू के लिए बस 5 पैंस व एक आउंस ही दिया था या उसे प्रकृति से प्यार था।

वह अपने आपको मानवता का ज्ञानी व सहनशील नौकर मानता था। वह चाहता था कि वह अपनी तारीफें चिल्ला-चिल्लाकर बताए। उसकी अच्छाई उसके अंदर ही रहे, यह अच्छा नहीं था। यह और भी

बुरा था कि वह किसी को यह नहीं बता सकता था कि लोगों ने उसके बारे में क्या कहा था। भगवान् का शुक्र है कि वह कहता रहा कि मैं कल काम पर चला जाऊँगा, लेकिन वह साधारण रूप से दरवाजा खोलकर अंदर जाने के लिए तैयार नहीं था। उसे रहना चाहिए, उसे तब तक रहना चाहिए, जब तक वह अपने आपको उचित साबित न कर ले; लेकिन वह कैसे कहता? क्योंकि उन लोगों से भरे कमरे में वह किसी को नहीं जानता था।

मिस ओ'कीफे को बर्फ या कुछ चाहिए थी, पीने के लिए और उसने प्रिकेट ऐलिस को इतनी जल्दबाजी में यह देने के लिए कहा, इसका कारण यह था कि उसने एक औरत व दो बच्चों को उस गरम दोपहर में देखा था, जो बेहद गरीब थे, बेहद थके हुए। क्या उन्हें अंदर नहीं बुलाया जा सकता?

आखिर में रिचर्ड डैलोवे आया।

"मैं मिस ओ'कीफे का परिचय कराना चाहता हूँ।" उसने कहा। मिस ओ'कीफे एक अभिमानी व तत्पर औरत थी, लगभग तीस साल के उम्र की।

मिस ओ'कीफे को बर्फ या कुछ चाहिए थी, पीने के लिए और उसने प्रिकेट ऐलिस को इतनी जल्दबाजी में यह देने के लिए कहा, इसका कारण यह था कि उसने एक औरत व दो बच्चों को उस गरम दोपहर में देखा था, जो बेहद गरीब थे, बेहद थके हुए। क्या उन्हें अंदर नहीं बुलाया जा सकता? उसकी दया लहर के समान उठ रही थी, उसका रोष उबल रहा था। नहीं, उसने अगले ही पल अपने आपको डाँटा। पूरी दुनिया की शक्तियाँ मिलकर भी यह नहीं कर सकती थीं तो उसने टेनिस की गेंद···। पूरी दुनिया की शक्तियाँ मिलकर भी यह नहीं कर सकती थीं, उसने कहा और उसने इसलिए इतने प्रभावशाली तरीके से उस अनजान आदमी को कहा, "मुझे एक बर्फ दो।"

उसके खाने से बहुत देर पहले प्रिकेट ऐलिस उसके साथ खड़ा होकर बता रहा था कि वह 15 साल से किसी पार्टी में नहीं गया। उससे बताया के उसके वस्त्र उसके बहनोई से माँगे हुए हैं। अगर वह यह कह देता कि वह एक साधारण व्यक्ति है एवं उसे साधारण लोग ही पसंद है तो वह काफी आराम महसूस करता और फिर वह उसे ब्रूनर्स व उनकी घड़ी के बारे में बताता (और फिर उसके लिए शर्मिंदा होता), लेकिन वह बोली—"क्या तुमने कभी तूफान को देखा है?"

फिर (क्योंकि उसने कभी तूफान नहीं देखा था) क्या तुमने कोई किताब पढ़ी है? फिर नहीं, और फिर उसकी बर्फ नीचे रखते हुए क्या उसने कभी कविताएँ नहीं पढ़ी थीं? और प्रिकेट ऐलिस ने अपने अंदर कुछ महसूस किया, जो उस महिला को डरा देता। उसने उसे वहाँ बिठाया, जहाँ उन्हें कोई परेशान न करे—दो कुरसियों पर, खाली बगीचे में, क्योंकि सब ऊपर थे, आप सिर्फ भुनभनाने व गुनगुनाने की आवाजें सुन सकते हैं, जैसे घास में चलती हुई दो बिल्लियों के साथ कोई प्रेत हो। ये बातें बहुत सच्ची व पीड़ा से भरी थीं।

फिर (क्योंकि उसने कभी तूफान नहीं देखा था) क्या तुमने कोई किताब पढ़ी है? फिर नहीं, और फिर उसकी बर्फ नीचे रखते हुए क्या उसने कभी कविताएँ नहीं पढ़ी थीं? और प्रिकेट ऐलिस ने अपने अंदर कुछ महसूस किया, जो उस महिला को डरा देता।

"कितना सुंदर है!" मिस ओ'कीफे ने कहा।

ओह! यह खूबसूरत था, यह थोड़ी सी घास और उसके आसपास वेस्टमिनस्टर के टावर, काले, लंबे, आसमान में ऊँचाई पर खड़े। वह बैठक के बाद था और सबकुछ शांत हो चुका था। आखिरकार उनके सा

थ वे भी थे—वह थकी हुई महिला व बच्चे। प्रिकेट ऐलिस ने एक पाइप जलाया। यह उसे चौंका देगा, उसने उसे शैग तंबाकू से भरा—5 पैंस, 1/2 पेन्नी, 1 आउंस। वह सोच रहा था कि वह अपनी नाव में धूम्रपान करता हुआ कैसे बैठेगा? वह अपने आपको देख पा रहा था। आज के बाद वह हर रात यही सोचता रहा कि वह कैसा लगेगा, अगर ये लोग भी उसे देखेंगे? उसने मिस ओ'कीफे को कहा कि उसे यहाँ कुछ खूबसूरत नहीं दिख रहा था।

"जरूर," मिस ओ'कीफे ने कहा, "तुम्हें खूबसूरती की कद्र नहीं है।" (उसने उसे बताया था कि उसने तूफान नहीं देखा था, उसने एक भी किताब नहीं पढ़ी थी, वह बीमार लग रहा था। उसे लगा कि कोई इसके लिए पैसे नहीं देगा, सभी संग्रहालय व नेशनल गैलरी मुफ्त। जरूर उसे आपत्तियाँ पता थीं—बरतन धोना, भोजन बनाना, बच्चे, लेकिन वह बात, जो ये सब कहने से डरते थे, सब चीजों की जड़ यह थी कि खुशी मिट्टी के भाव होती है। आप कुछ दिए बिना भी इसे पा सकते हैं—खूबसूरती।

फिर प्रिकेट ऐलिस ने उसे वह लेने दिया, यह पीली, गुस्सैल महिला। उसने उसे अपना शैग तंबाकू लेते हुए बताया कि उसने उस दिन क्या किया था। 6 बजे उठा, एक बस्ती में नाला सूँघते हुए साक्षात्कार किए, फिर कोर्ट में पहुँचा।

फिर प्रिकेट ऐलिस ने उसे वह लेने दिया, यह पीली, गुस्सैल महिला। उसने उसे अपना शैग तंबाकू लेते हुए बताया कि उसने उस दिन क्या किया था। 6 बजे उठा, एक बस्ती में नाला सूँघते हुए साक्षात्क़ार किए, फिर कोर्ट में पहुँचा।

वह उसे अपने कुछ कार्यों के बारे में बताते हुए शरमाया। वह तो मानो काटने को दौड़ रहा था। उसने कहा था कि वह अच्छे घर की

औरतों के मुँह से (उसने अपने होंठ ऐंठाए, क्योंकि वह पतली है और उसके कपड़े अच्छे नहीं थे) खूबसूरती के बारे में बातें सुन-सुनकर थक गया है।

"खूबसूरती!" उसने कहा। उसे डर था कि वह इनसानों से बढ़कर खूबसूरती को समझ नहीं पाता था।

तो वे उस खाली बगीचे में गए, जहाँ रोशनदान हिल रहे थे और एक बिल्ली बीच में अपना पंजा उठाकर शरमा रही थी।

उसके पास शब्द नहीं थे अपने डर को बयान करने के लिए, जो उसकी कहानी ने उसमें जगा दिया था। पहले उसका गर्व, फिर उसकी इनसानों के व्यवहार के प्रति अभद्रता, फिर उसकी ईश-निंदा, कोई भी दुनिया में यह जाहिर करने के लिए कि वे अपनी इनसानियत से प्यार करते हैं, कहानी नहीं सुनाता।

"इनसानों से बढ़कर खूबसूरती? उस उसका क्या मतलब था" उसने पूछा।

ठीक है यह! और गढ़ते हुए, उसने उसे ब्रूनर्स व घड़ी की कहानी बताई। "वह खूबसूरत था," उसने कहा।

उसके पास शब्द नहीं थे अपने डर को बयान करने के लिए, जो उसकी कहानी ने उसमें जगा दिया था। पहले उसका गर्व, फिर उसकी इनसानों के व्यवहार के प्रति अभद्रता, फिर उसकी ईश-निंदा, कोई भी दुनिया में यह जाहिर करने के लिए कि वे अपनी इनसानियत से प्यार करते हैं, कहानी नहीं सुनाता। फिर भी जब उसने बताया कि किस तरह वह वृद्ध आदमी उसे भाषण देने खड़ा हुआ, उसकी आँखों में आँसू आ गए। आह, जैसे उसे कभी ऐसा किसी ने कहा ही न हो, लेकिन फिर उसे लगा कि इतनी सी चीज से इनसानियत का पता कैसे चल सकता है? वे घड़ियों के पार कभी नहीं

पहुँचेंगे, ब्रूनर्स ने प्रिकेट ऐलिस को भाषण दिए और प्रिकेट ऐलिस हमेशा कहेंगे, कैसे उन्हें अपनी इनसानियत से प्यार था, वे हमेशा आलसी रहेंगे तथा खूबसूरती से डरेंगे। इसलिए क्रांतियाँ फैलाईं, आलसपने, डर एवं प्रभावित करनेवाले दृश्यों के प्यार से। तब भी इस व्यक्ति को ब्रूनर्स से भी अभिराम मिल रहा था और वह हमेशा-हमेशा के लिए एक गरीब औरत की जिंदगी बसर करने को मजबूर थी, तो वे शांत बैठे। दोनों बहुत खुश नहीं थे, क्योंकि प्रिकेट ऐलिस ने जो कहा, उसे उसके प्रति कोई सांत्वना नहीं थी, उसका काँटा निकालने की बजाय उसने उसे काँटे को और भी चुभा दिया था, उसकी सुबह खराब हो गई थी।

मिस ओ'कीफे गड़बड़ा गईं व गुस्सा हो गईं, वे ठीक नहीं लग रही थीं।

"मुझे डर है, मैं उन साधारण लोगों में से हूँ।" उसने उठते हुए कहा।

"जिसे अपनी इनसानियत से प्यार था।"

जिसपर मिस ओ'कीफे चिल्लाने लगी, "इसी तरह मैं भी··· ।"

एक-दूसरे के लिए हीन भावना रखते हुए घर के उन सभी लोगों के प्रति हीन भावना रखते हुए जिन्होंने उन्हें यह मनहूस शाम दी थी, अपनी-अपनी इनसानियत के ये दो आशिक बिना एक शब्द बोले हमेशा के लिए अलग हो गए।

□

वह भूत बँगला

आप जिस वक्त भी उठें, आपको दरवाजों के हिलने की आवाजें आएँगी। वे हरेक कमरे में जा रहे थे हाथों में हाथ डाले, बिल्कुल एक भूतिया जोड़े की तरह।

"हमने उसे यहाँ छोड़ा था," उसने कहा और फिर उसने कहा, "ओह, लेकिन यहाँ पर भी!" "वह सीढ़ियों के ऊपर चढ़कर है," वे बुदबुदाईं। "शायद बाग में भी," वह बोला। "धीरे से और शायद हमें उन्हें नींद से उठा देना चाहिए।" उन्होंने कहा।

लेकिन आपने हमें नहीं जगाया। नहीं, नहीं। शायद कोई कहे, "वे उसे ढूँढ़ रहे हैं, वे परदे के पीछे देख रहे हैं। अब उन्हें वह मिल गया है।" शायद किसी को लगेगा, फिर पढ़कर थक जाने के कारण कोई शायद खुद ही उठे और घर देखे। बिल्कुल खाली घर, खुले दरवाजे, सिर्फ लकड़ी के बने बोलने वाले कबूतर और खेत में से आती हुई मशीनों की आवाजें। "मैं यहाँ क्यों आया हूँ? मैं क्या ढूँढ़ना चाहता हूँ?" मेरे हाथ खाली थे। "शायद वह ऊपर होगा।" सेब भी वहाँ रखे हुए थे। बाग भी हमेशा की तरह था, बस किताब घास में जरूर गिर गई थी।

लेकिन उन्हें वह स्वागत-कक्ष में मिल गया था। उन्हें कोई देख नहीं सकता था। खिड़कियों के शीशों में से सेब, गुलाब, सब दिख रहे थे। पत्तियाँ भी हरे रंग की ही दिख रही थीं। अगर वे स्वागत-कक्ष में

जाएँ। तो सेब पीला दिखने लग जाएगा, लेकिन उसके बावजूद, अगर दरवाजा फिर खोला जाता तो छत से एक लटकन आकर जमीन पर फैल जाती और दीवारों पर लटक जाती—क्यों? मेरे हाथ खाली थे। ब्रश की परछाईं कालीन से होकर गुजर रही थी। एकदम सन्नाटे में उस लकड़ी के कबूतर ने अपनी आवाज निकाली। ऐसा लग रहा था, मानो घर कह रहा हो, "सुरक्षापूर्वक, सुरक्षापूर्वक, सुरक्षापूर्वक…वह खजाना, गड़ा हुआ, वह कमरा…" आवाज बंद हो गई। ओह, क्या वह गड़ा हुआ खजाना था?

थोड़ी देर बाद, रोशनी कम हो गई थी। फिर बाहर बाग में, लेकिन वहाँ तो पेड़, जो सूरज की रोशनी के बीच अँधेरा करते हैं। हमेशा उस सूरज की किरण के नीचे मैं शांति से जलता सा रहता था उस शीशे के पीछे। वह शीशा मृत्यु थी। मृत्यु ही हमारे बीच थी। अगर पहले उस औरत की बात की जाए तो सदियों पहले घर छोड़ते हुए, सभी खिड़कियाँ बंद करते हुए, सभी कमरों में अँधेरा छोड़कर वह चला गया। वह उसे छोड़कर उत्तर गया, पूरब गया, उसने दक्षिण में तारों को पलटते हुए देखा। उसने घर ढूँढ़ना चाहा और उसे फिर अपना घर मिल गया। "सुरक्षापूर्वक, सुरक्षापूर्वक, सुरक्षापूर्वक।" घर से आवाज आई, "यह खजाना आपका ही है।"

थोड़ी देर बाद, रोशनी कम हो गई थी। फिर बाहर बाग में, लेकिन वहाँ तो पेड़, जो सूरज की रोशनी के बीच अँधेरा करते हैं। हमेशा उस सूरज की किरण के नीचे मैं शांति से जलता सा रहता था उस शीशे के पीछे। वह शीशा मृत्यु थी। मृत्यु ही हमारे बीच थी। अगर पहले उस औरत की बात की जाए तो सदियों पहले घर छोड़ते हुए, सभी खिड़कियाँ बंद करते हुए, सभी कमरों में अँधेरा छोड़कर वह चला गया।

तेज हवाएँ चल रही थीं। पेड़ यहाँ-से-वहाँ हिल रहे थे। बारिश में चाँदनी भी तूफानी लग रही थी, लेकिन रोशनदान की रोशनी सीधे खिड़की से आ रही थी। मोमबत्ती जल रही थी। घर में घूमने से, खिड़कियाँ खोलने से, हमें नींद से न जगाने को लेकर फुसफुसाने से उस भूतिया जोड़े को आनंद मिलता था।

वह कहती है,"हम यहाँ सोए थे।" और वह कहता है, "अनगिनत प्यार", "सुबह उठना···," "पेड़ों के बीच वह चाँदी सी···," "सीढ़ियाँ चढ़कर ऊपर···," "बाग में···," "जब गरमियों के दिन आए···," "सर्दियों में वह बर्फ···"। दूर, दरवाजे हलकी आवाज में हिल रहे थे, मानो किसी दिल की धड़कन हो।

वे और पास आते हैं। हवा चलती रहती है और बारिश से खिड़कियों के ऊपर उस चाँदी सी लगी हुई बर्फ को हटा देती है। हमें हमारे आस पास कोई नहीं दिखा। हमने ऐसी किसी औरत को नहीं देखा, जो अपना भूतिया चोगा फैलाकर खड़ी हो। उसने रोशनदान पर अपने हाथ रखे हुए थे।

वे और पास आते हैं। हवा चलती रहती है और बारिश से खिड़कियों के ऊपर उस चाँदी सी लगी हुई बर्फ को हटा देती है। हमें हमारे आस पास कोई नहीं दिखा। हमने ऐसी किसी औरत को नहीं देखा, जो अपना भूतिया चोगा फैलाकर खड़ी हो। उसने रोशनदान पर अपने हाथ रखे हुए थे।

"देखो, सो गए वे अपने होंठों पर प्यार लिये," उसने कहा।

वह काफी देर तक अपना रोशनदान लेकर खड़े रहे और हमें देखते रहे। हवा अभी भी चल रही थी। अग्नि थोड़ी और ऊँची हो गई थी। चाँदनी दीवार व जमीन सब पर दिख रही थी और उन चेहरों पर

भी। वे चेहरे, जो सोते हुए लोगों को देखकर उनकी छिपी खुशी ढूँढ़ते हैं।

"सुरक्षित, सुरक्षित, सुरक्षित," उस घर की धड़कनें फिर बोलीं। "इतने साल बीत गए, तब भी तुमने मुझे ढूँढ़ लिया," उसने कहा। "यहाँ सोते हुए, बाग में पढ़ते हुए, हँसते-खिलखिलाते हुए सेब। हमने अपना खजाना यहीं छुपाया है," वह धीरे से बोली। मेरी आँखें खुल गईं। "सुरिक्षत, सुरक्षित, सुरक्षित," घर से आवाज आई। मैं चलते-चलते रो पड़ा, " क्या यह था आपका गड़ा हुआ खजाना? दिल की अंदरूनी रोशनी।"

□

किऊ के बाग

अंडाकार आकृति के बगीचे से दिल या जीभ की आकृति की पत्तियाँ बनाते हुए सैकड़ों डंठल उगे हुए थे। ऊपर की ओर लाल, नीले व पीले रंग के धब्बोंवाली पत्तियाँ थीं, जिसमें से ऊपर की ओर जाता हुआ एक डंडा सा निकल रहा था। हवा के बहाव से पत्तियाँ हिल रही थीं। लाल, नीली व पीली रोशनी एक-दूसरे के ऊपर पड़ रही थीं और बीच में धरती का भूरा रंग भी दिख रहा था। वह रोशनी या तो उस पत्थर पर पड़ रही थी या उसके घोंघे के खोल पर या उस बारिश की बूँदा पर, जिसे देखकर लोगों को लग रहा था कि मानो यह अभी फट जाएगी। फिर वह रोशनी एक पत्ती पर पड़ी, जिससे कि उसके अंदर के रेशे भी दिख रहे थे। उसके बाद उस रोशनी ने उन दिल की या जीभ की आकृतिवाली पत्तियों के नीचे भी अपनी रोशनी बिखेरी। फिर हवा और तेज चली तथा उन रंगों की रोशनी उन लोगों की आँखों पर पड़ रही थी, जो जुलाई के महीने में किऊ के बगीचे में घूमने आए थे।

पुरुष व महिलाएँ बगीचे के आसपास, धीरे-धीरे घूम रहे थे। वहीं तितलियाँ वहाँ से आड़े-तिरछे तरीके से गुजर रही थीं। वह आदमी उस औरत से 6 इंच की दूरी बनाकर चल रहा था। वह बार-बार पीछे मुड़कर देख रही थी कि बच्चे साथ हैं या नहीं। वह आदमी जान-बूझकर इस औरत से दूरी बनाकर चल रहा था, हालाँकि वह अपने खयालों में खोया हुआ था।

'15 साल पहले मैं यहाँ लिली के साथ आया था।' उसने सोचा, 'हम उस झील के किनारे बैठे थे और मैंने उससे पूछा कि क्या वह मुझसे शादी करेगी? कैसे वह मक्खी हमारे आसपास चक्कर काट रही थी, मुझे अभी तक वह मक्खी, उसके जूते का वह बक्कल सब याद है। मुझे समझ आ जाता था, जब भी वह उसे हिलाती थी कि वह क्या बोलनेवाली है। मुझे लग रहा था कि अगर वह मक्खी उस हरी पत्ती पर बैठ जाती, जिसमें बीच में एक लाल रंग का फूल है तो शायद वह मुझे 'हाँ' कह देगी, लेकिन वह मक्खी कभी कहीं एक ही जगह पर नहीं बैठी, बिल्कुल नहीं। नहीं तो मैं यहाँ एल्यानोर और बच्चों के साथ न चल रहा होता। एल्यानोर, मुझे बताओ, क्या तुम कभी बीते हुए कल के बारे में सोचती हो?'

हम उस झील के किनारे बैठे थे और मैंने उससे पूछा कि क्या वह मुझसे शादी करेगी? कैसे वह मक्खी हमारे आसपास चक्कर काट रही थी, मुझे अभी तक वह मक्खी, उसके जूते का वह बक्कल सब याद है। मुझे समझ आ जाता था, जब भी वह उसे हिलाती थी कि वह क्या बोलनेवाली है।

"तुम क्यों पूछ रहे हो, साईमन?"

"क्योंकि मैं बीते हुए कल के बारे में सोच रहा हूँ। मैं लिली के बारे में सोच रहा हूँ, वह औरत, जिससे शायद मेरी शादी हुई होती...लेकिन तुम चुप क्यों हो? क्या तुम्हें मेरे बीते हुए कल के बारे में सोचने से कोई परेशानी है?"

"मैं बुरा क्यों मानूँगी, साईमन? क्या कोई ऐसे बगीचे में, जहाँ पुरुष व महिलाएँ पेड़ों के नीचे लेटे हों, अपने बीते हुए कल के बारे में नहीं सोचेगा? क्या ये पुरुष और महिलाएँ, ये पेड़ के नीचे लेटे भूत, किसी को उनके बीते हुए कल, उनकी सच्चाई, उनकी खुशियों की याद नहीं दिलाते हैं?"

"मेरे लिए एक चकोर सिल्वर बक्सुआ और वह मक्खी..."

"मेरे लिए वह प्यार। सोचिए छह छोटी लड़कियाँ अपने चित्रफलक के सामने बैठी हुईं, बीस साल पहले झील के किनारे बैठी हुईं, नीलकमल का चित्र बनाती हुईं, वह पहला लाल रंग के नीलकमल, जो मैंने देखे थे और एकदम से एक चुम्मी, मेरे गले के पीछे। मेरा हाथ पूरी दोपहर हिलता रहा, जिससे कि मैं चित्र भी नहीं बना पाई। मैंने अपनी घड़ी निकाली और वह समय सोच लिया, जब मैं उस चुम्मे के बारे में सोचूँगी, वह भी सिर्फ पाँच मिनटों के लिए—वह इतनी कीमती, जो थी एक बूढ़ी, ग्रे बालोंवाली महिला की, जिसकी नाक पर एक मस्सा था। मेरी जिदंगी की सभी चुम्मियों में सबसे बढ़कर। आओ, कैरोलीन! आओ, हबर्ट।"

मेरे लिए वह प्यार। सोचिए छह छोटी लड़कियाँ अपने चित्रफलक के सामने बैठी हुईं, बीस साल पहले झील के किनारे बैठी हुईं, नीलकमल का चित्र बनाती हुईं, वह पहला लाल रंग के नीलकमल, जो मैंने देखे थे और एकदम से एक चुम्मी, मेरे गले के पीछे। मेरा हाथ पूरी दोपहर हिलता रहा, जिससे कि मैं चित्र भी नहीं बना पाई।

अब वे बगीचे के पार घूमने लगे कदम-से-कदम मिलाते हुए। थोड़ी ही देर बाद उनका आकार छोटा होता हुआ लगने लगा। वे आधे पारदर्शक लगने लगे, क्योंकि सूर्य की रोशनी व छाया उन्हें लपेटे हुए थी।

उस अंडाकार बगीचे में वह घोंघा अपने खोल में ही थोड़ा-थोड़ा चलने लगा था, जिसका खोल दो मिनट के लिए लाल, नीला व पीला पड़ चुका था। वह जैसे-जैसे धरती पर चल रहा था, धरती का वह हिस्सा टूटकर नीचे बिखर रहा था। ऐसा लग रहा था, मानो उसका कोई निश्चित

लक्ष्य है, न कि उस हरे रंग के कीड़े की तरह, जो कि उसके सामने से जा रहा था और उसका एंटीना हिल रहा था। फिर वह दूसरी ओर चलने लगा। हरी झीलें, पेड़, सब घोंघे के सामने पड़ा था उसके लक्ष्य के रास्ते में। इससे पहले कि वह यह सोचता कि उसे एक मुड़ी हुई पत्ती के उस पार जाना है या वही पर रुकना है, बगीचे के पीछे एक मनुष्य का पाँव आ गया।

इस बार वे दोनों ही पुरुष थे। इनमें से छोटेवाले ने धीरे से अपनी आँखें उठाईं और उस घोंघे की ओर देखने लगा। इनते में उसके साथी ने कुछ बोला और जब उसने बोलना खत्म कर लिया, तब वह फिर से नीचे की ओर देखने लगा। बड़े पुरुष का चलने का तरीका काफी अलग था—काँपते हुए अपने हाथ को आगे की ओर हिलाते हुए और सिर को झकझोरते हुए चल रहा था, बिल्कुल उसी तरह जिस तरह, घोड़ागाड़ी से बँधा हुआ एक घोड़ा चलता है, जब वह एक घर के बाहर खड़े–खड़े थक जाता है। लेकिन उस व्यक्ति में ये इशारे अजीब लग रहे थे। वह अजीब तरह से बात कर रहा था। खुद बात करके, खुद ही हँस रहा था, मानो अपनी ही बात का जवाब दे रहा हो। उसके कहे के मुताबिक, वह आत्माओं की बात कर रहा था, ऐसी आत्माओं के बारे में, जो कि मराणोपरांत, अभी भी उसे अपने स्वर्ग के अनुभवों के बारे में बताती हैं।

इस बार वे दोनों ही पुरुष थे। इनमें से छोटेवाले ने धीरे से अपनी आँखें उठाईं और उस घोंघे की ओर देखने लगा। इनते में उसके साथी ने कुछ बोला और जब उसने बोलना खत्म कर लिया, तब वह फिर से नीचे की ओर देखने लगा।

"प्राचीन लोग स्वर्ग को 'थेसैली' के नाम से जानते थे, विलियम और अब इस युद्ध के बाद आत्माएँ घाटियों के बीच कड़कती हुई बिजली की तरह घूम रहे हैं।"

वह रुका, मुसकराया, अपना सिर झकझोरा और फिर बोलने लगा,

"तुम्हारे पास एक छोटी विद्युत् बैटरी है और रबड़ का एक टुकड़ा, उस तार को पृथक् करने के लिए—पृथक्, पृथक्। खैर, विवरण को छोड़ो, उन विवरणों में जाने की जरूरत नहीं है, जो समझ भी नहीं आनेवाले और संक्षेप में वह छोटा सा उपकरण, जो बिस्तर के साथ किसी भी तरह टिक जाएगा, एक महोगनी स्टैंड पर भी। मेरे निर्देशों के अनुसार मेरे कर्मकारों के द्वारा की गई सभी व्यवस्थाएँ और जो बात हुई थी, उसी प्रकार वह विधवा अपना कान लगाकर आत्मा को सुनती है—विधवाओं, विधवाओं, काले कपड़ोंवाली महिलाएँ।"

लगता है यहाँ से दूर कहीं किसी महिला के कपड़े दिख रहे हैं, जो कि बैंगनी, काले रंग के लग रहे हैं। उसने अपनी टोपी उतारी, दिल पर हाथ रखा और जल्दबाजी में उसकी ओर चल दिया, लेकिन विलियम ने उसे पकड़ लिया एवं एक फूल को उसकी लाठी पर रखा, जिससे कि उस बूढ़े आदमी का ध्यान बँट जाए।

लगता है यहाँ से दूर कहीं किसी महिला के कपड़े दिख रहे हैं, जो कि बैंगनी, काले रंग के लग रहे हैं। उसने अपनी टोपी उतारी, दिल पर हाथ रखा और जल्दबाजी में उसकी ओर चल दिया, लेकिन विलियम ने उसे पकड़ लिया एवं एक फूल को उसकी लाठी पर रखा, जिससे कि उस बूढ़े आदमी का ध्यान बँट जाए। कुछ देर रुकने के बाद वह बूढ़ा आमदी उस फूल की ओर झुककर अपना कान आगे लाया, मानो वह उससे आनेवाली किसी आवाज के द्वारा पूछी गई किसी बात का जवाब दे रहा हो। वह उरुग्वे के जंगलों के बारे में बात कर रहा था, जहाँ वह सदियों पहले एक बेहद खूबसूरत औरत के साथ गया था। सुनाई पड़ रहा था कि वह उरुग्वे के जंगलों व वहाँ की गुलाबों की पत्तियों के बारे में, समंदरों के बारे में,

जलपरियों के बारे में, समंदर में डूबी हुई महिलाओं के बारे में बात कर रहा था, उस समय जब वह विलियम के द्वारा चलाया गया, जिसके मुख पर धैर्य और ज्यादा दिखाई पड़ रहा था।

उसके इशारों से थोड़ी अचंभित सी हुई, दो मध्यमवर्गीय औरतें उसके पास आईं। एक मोटी, कष्टकारक, वहीं दूसरी लाल गालोंवाली, चतुर। उनके जैसे और लोगों की ही तरह वे भी एक अच्छे घर के व्यक्ति से ऐसा सनकी सा व्यवहार देखकर आश्चर्य में रह गए थे, लेकिन वे बहुत दूर थे यह तय कर पाने के लिए कि यह सिर्फ सनक थी या वह सच में पागल हो गया था। जब उन्होंने उस वृद्ध की छानबीन कर ली थी, फिर एक-दूसरे को धूर्त, विचित्र सी नजर से देखने के बाद वे दोनों अपना संवाद बोलीं—

उसके इशारों से थोड़ी अचंभित सी हुई, दो मध्यमवर्गीय औरतें उसके पास आईं। एक मोटी, कष्टकारक, वहीं दूसरी लाल गालोंवाली, चतुर। उनके जैसे और लोगों की ही तरह वे भी एक अच्छे घर के व्यक्ति से ऐसा सनकी सा व्यवहार देखकर आश्चर्य में रह गए थे, लेकिन वे बहुत दूर थे यह तय कर पाने के लिए कि यह सिर्फ सनक थी या वह सच में पागल हो गया था।

"नेल, बेर्ट लौट, सैस, फिल, फा उसने कहा। मैंने कहा, वह बोली, मैंने कहा, मैंने कहा, "मैंने कहा— "

"भाई बेर्ट, सिस, बिल, ग्रैंडडैड, वह वृद्ध पुरुष, चीनी, चीनी, मैदा, कीपर्स, हरे, चीनी, चीनी, चीनी।"

चतुर औरत एक जिज्ञासा-भरे भाव के साथ फूलों की ओर देखने लगी। वे उसे एक स्लीपर की तरह देख रही थीं, जो कि इस प्रकार लग

रहे थे, मानो अभी गहरी नींद से सोकर उठे हों और उन्होंने उठते ही एक ताँबे की मोमबत्ती को देखा, जो कुछ अजीब तरह से जी रही थी और उसे देखता ही रहा। फिर वह औरत उस अंडाकार बगीचे के पास जाकर खड़ी हो गई और इस तरह नाटक करने लग गई, जैसे की वह सुन रही हो कि दूसरी महिला क्या कह रही है। वह वहीं खड़ी सुनती रही फूलों को देखते हुए और अपने शरीर के ऊपरी हिस्से को आगे-पीछे हिलाते हुए। फिर उसने सुझाया कि उन्हें कहीं बैठकर चाय पीनी चाहिए।

उस घोंघे ने बिना पत्ती पर चढ़े, अपने लक्ष्य तक पहुँचने का हर रास्ता देख लिया था। वह चिंतित था कि वह पत्ती, जो उसके ऐंटीना छू जाने से भी काँप रही है, क्या उसका भार सह पाएगी? इसलिए वह पत्ती के नीचे से चला गया, क्योंकि एक जगह थी, जहाँ पत्ती इतनी ऊँची थी कि उसके नीचे से वह आराम से जा सकता था। उसने बस अपना सिर ही अंदर डाला था और उस भूरी रोशनी को देख ही रहा था, जब उसके पीछे घास पर कोई आया। इस बार वे दोनों युवा थे, एक युवा पुरूष व एक युवा स्त्री। वे अपनी युवावस्था के प्रधान वक्त में या उससे पहले के वक्त में थे। उस समय में, जब फूलों की पत्तियाँ खुलती हैं, जिस वक्त तितली के पंख भी सूरज के नीचे हिल नहीं पाते।

उस घोंघे ने बिना पत्ती पर चढ़े, अपने लक्ष्य तक पहुँचने का हर रास्ता देख लिया था। वह चिंतित था कि वह पत्ती, जो उसके ऐंटीना छू जाने से भी काँप रही है, क्या उसका भार सह पाएगी? इसलिए वह पत्ती के नीचे से चला गया, क्योंकि एक जगह थी, जहाँ पत्ती इतनी ऊँची थी कि उसके नीचे से वह आराम से जा सकता था। उसने बस अपना सिर ही अंदर डाला था और उस भूरी रोशनी को देख ही रहा था, जब उसके पीछे घास पर कोई आया।

"किस्मत अच्छी है कि आज शुक्रवार नहीं है।" उसने कहा।

"क्यों, क्या तुम किस्मत को मानते हो?"

"तुम्हें शुक्रवार को छह पैंस देने पड़ते।"

"छह पैंस तो क्या, क्या यह छह पैंस के लायक नहीं है?"

"यह क्या, 'यह' से तुम्हारा क्या मतलब है?"

"ओह! कुछ भी, मेरा मतलब तुम जानते हो, मैं क्या कह रही हूँ।"

इन बातों के बीच काफी देर का फासला था। उन दोनों ने बगीचे के किनारे खड़े होकर यह बात की। उस युवक का हाथ युवती के हाथ के ऊपर था, जो उनकी भावनाओं को अजीब तरीके से व्यक्त कर रहा था। ये तो उनके शब्द भी, पर उन शब्दों के छोटे पंख उनका भार नहीं उठा पा रहे थे और उन्होंने चीजों को और भी ज्यादा अजीब बना दिया था। लेकिन कौन जाने उनमें क्या भाव थे? कौन जाने कि शायद सूर्य की दूसरी और बर्फ चमकती हो! कौन जाने, यह किसने पहले देखा है? यहाँ तक कि वह भी सोच में पड़ गई थी कि किऊ पर उन्हें किस तरह की चाय दी गई थी। युवक को भी लग रहा था, मानो हलकी-हलकी हवा चल रही हो और ये कैसी आकृतियाँ हैं? सफेद मेज, आसपास खड़ी वेटरेसेस, पहली युवती को देखती, फिर उसे और फिर एक बिल था,

इन बातों के बीच काफी देर का फासला था। उन दोनों ने बगीचे के किनारे खड़े होकर यह बात की। उस युवक का हाथ युवती के हाथ के ऊपर था, जो उनकी भावनाओं को अजीब तरीके से व्यक्त कर रहा था। ये तो उनके शब्द भी, पर उन शब्दों के छोटे पंख उनका भार नहीं उठा पा रहे थे और उन्होंने चीजों को और भी ज्यादा अजीब बना दिया था।

जिसके लिए उसने सच में दो शिलिंग दिए। यह उन दोनों के अलावा सभी के लिए सच था। अब तो युवक को भी यह सच लगने लगा था। वह ऐसी जगह देखना चाहता था, जहाँ कोई लोगों के साथ चाय पी सके और लोगों की तरह।

"आओ ट्रिसी, इस वक्त हमने चाय पी ली थी।"

"कोई किसी की चाय कैसे ले सकता है?" उसने पूछा। ऐसा लग रहा था, मानो वह अपनी चाय को भूलकर घास की ओर खिंची चली जा रही हो, ओर्किड व क्रेन को, चाइनीज पगोड़ा एवं क्रिमसन पक्षी के बारे में सोचते हुए, लेकिन उसने उसे झेला।

इसी तरह एक के बाद एक जोड़े आते गए, अनिश्चय चालों के साथ और पहले उनके शरीर पर हरे-नीले रंग की परछाईं पड़ने लगी, फिर वह रंग हवा में घुल गया। कितनी गरमी थी! इतनी गरमी कि थ्रश भी फूलों की परछाईं में कूदने लगा, बिल्कुल एक मशीनी पक्षी की तरह। सफेद तितलियाँ एक-दूसरे के ऊपर यों उड़ रही थीं, मानो संगमरमर के टूटे हुए टुकड़े हों।

इसी तरह एक के बाद एक जोड़े आते गए, अनिश्चय चालों के साथ और पहले उनके शरीर पर हरे-नीले रंग की परछाईं पड़ने लगी, फिर वह रंग हवा में घुल गया। कितनी गरमी थी! इतनी गरमी कि थ्रश भी फूलों की परछाईं में कूदने लगा, बिल्कुल एक मशीनी पक्षी की तरह। सफेद तितलियाँ एक-दूसरे के ऊपर यों उड़ रही थीं, मानो संगमरमर के टूटे हुए टुकड़े हों। फूलों के ऊपर पेड़ों की आकृति कुछ इस तरह बनी हुई थी, मानो सूरज के आगे हरे रंग की छतरियों का बाजार लगा हो। ड्रोन के नीचे भी आसमान की आवाजें आ रही थीं। पीली, काली, गुलाबी व

सफेद, इन सभी की आकृतियाँ दिख रही थीं। पुरूष, औरतें, बच्चे, बूढ़े, सभी पहले क्षितिज पर दिखाई पड़ रहे थे, तो अब सभी पेड़ की छाँह ढूँढ़ रहे हैं। हरे-नीले रंग का आसमान अब लाल-नीला हो रहा था। ऐसा लग रहा था, मानो उनके भारी-भरकम शरीर जमीन पर लेटे हों, लेकिन बस उनकी आवाजें आ रही हों। आवाजें, जी हाँ, आवाजें। बिना शब्द की आवाजें, चुप्पी को इतने जुनून से तोड़ती हुईं, या कहें कि चुप्पी को अचंभित करते हुए, चुप्पी को तोड़ते हुए? लेकिन वहाँ कोई भी चुप्पी नहीं थी, हर वक्त मोटर, ओमनी बस के पहियों व गीयर की आवाजें आ रही थीं, जैसे चाइनीज स्टील के बक्सों की आवी है, जिसके ऊपर आवाजें चिल्लाते हुए बाहर आ रही थीं और मायरियाडो की पत्तियाँ अपने रंग हवा में बिखेर रही थीं।

□

वह खोजी-दीप

अठारहवीं शताब्दी का बँगला 'अर्ल' अब बीसवीं शताब्दी में एक क्लब में बदल चुका है। बालकनी, जो बगीचे के सामने थी। यह अच्छा लग रहा था कि एक बहुत बड़े कमरे, जो खंभों पर टिका था और झूमर लगे थे, वहाँ पर रात का भोजन करने के बाद हमें बालकनी में पहुँचने को प्रेरित कर रहा था। पेड़ पूरी तरह पत्तों से भरपूर थे। चाँद भी नजर आ रहा था। गुलाबी और क्रीम के रंग के कंकेर भी अखरोट के पेंड़ों पर भी देखे जा सकते थे, लेकिन यह रात काफी गुनगुनी सी थी, सारे दिन की गरमी के बाद।

श्री और श्रीमती इवीमी की पार्टी में आए लोग काफी पी रहे थे, सिगरेट पी रहे थे। बातें हो जाने के बाद सभी जैसे फुर्सत पाकर हलका महसूस कर रहे थे। उनके मनोरंजन के लिए आसमान पर लाल रंग की छड़ की तरह कुछ रोशनी भी दिखाई पड़ रही थी। फिर शांति छा गई। वायु-सेना दुश्मन के जहाजों को ढूँढ़ने के लिए अभ्यास चला रहा था। दुश्मन को पराजित करने के लिए भी चक्कर लगाती हुई रोशनी भी दिखाई दे जाती थी, जैसे पवनचक्की। तभी बालकनी में एक और रोशनी पड़ी—महिला के हाथ के बैग में जड़ित शीशे की चमक थी वह।

"देखो!" श्रीमती इवीमी चिल्लाई। चमक जा चुकी थी, एक बार फिर से पूर्व जैसा अँधेरा।

"तुम्हें कभी अंदाजा नहीं होगा कि मैं क्या 'वह' देख रही थी।" स्वाभाविक रूप से उन्होंने अंदाजा लगाया।

"नहीं, नहीं, नहीं।" उसने विद्रोह किया। "कोई अंदाजा नहीं लगा सकता। केवल वह ही जानती थी। वही जान सकती है, क्योंकि वह पोती थी उस आदमी की। उन्होंने ही खुद कहानी बताई थी। क्या कहानी? अगर उन्हें पसंद आएगी तो वह कहानी सुना सकती है।" अभी भी समय था उनके पास खेलने से पहले।

"पर मैं कहाँ से शुरू करूँ?" उसने सोचा कि सन् 1820?...

यह तभी हुआ होगा, जब मेरे परदादा एक लड़का थे। मैं खुद भी युवा नहीं हूँ। नहीं, जब मैं छोटी बच्ची थी तो वे काफी बूढ़े थे, जब उन्होंने कहानी मुझे बताई थी। एक आकर्षक बूढ़ा आदमी, जो सफेद बाल लिये था और नीली आँखें थीं। वे अपने समय में एक सुंदर बालक रहे होंगे, लेकिन चालाक...वह भी केवल स्वाभाविक चालाकी रही होगी! उसने समझाया, "देखा था मैंने, वे कैसे रहते थे। नाम था 'कोंबर', वे दुनिया में आ जाते। वे अच्छे लोग थे। उन्होंने 'थोकशायर' में जमीन ली थी, लेकिन जब वे बालक थे, एक ही टावर बचा था। वह घर ही नहीं था, बल्कि एक फार्महाउस था, जो खेतों के बीच में था। हमने दस साल पहले देखा था और हम वहाँ गए

यह तभी हुआ होगा, जब मेरे परदादा एक लड़का थे। मैं खुद भी युवा नहीं हूँ। नहीं, जब मैं छोटी बच्ची थी तो वे काफी बूढ़े थे, जब उन्होंने कहानी मुझे बताई थी। एक आकर्षक बूढ़ा आदमी, जो सफेद बाल लिये था और नीली आँखें थीं। वे अपने समय में एक सुंदर बालक रहे होंगे, लेकिन चालाक... वह भी केवल स्वाभाविक चालाकी रही होगी!

भी थे। हमें कार को छोड़कर खेतों के बीच में से होकर जाना पड़ा था, लेकिन क्या वहाँ तक जाने के लिए कोर्ह सड़क नहीं थी ? वह घर वहाँ पर अकेला ही था। लंबी घास ने उसके दरवाजे को भी ढक रखा था। कमरों के अंदर–बाहर रगी के चूजे आते–जाते दिख रहे थे। वे खिलाने के कठरे में जा रहे थे। मुझे याद है कि एक पत्थर टावर से गिरा था। वह बुदबुदाई, "वहाँ वे रहते थे—एक बूढ़ा आदमी, वह औरत और एक लड़का। उस बूढ़े की पत्नी न थी और उस लड़के की माँ भी नहीं थी। वह खेती–बाड़ी में उस बूढ़े की मददगार रही होगी, जब बूढ़े की पत्नी का देहांत हुआ होगा तो बूढ़े ने उसे अपने साथ रख लिया होगा। एक और कारण भी रहा होगा कि उन्हें मिलने कोई नहीं जाता होगा। दरवाजे पर कुलचिह्न लटका था। किताबें, पुरानी किताबें नक्शों के साथ, जो किताबों के पन्नों में से लटके हुए थे। वह उन्हीं किताबों को बार–बार पढ़ता था। वह हमें खींचता हुआ टावर के ऊपरी हिस्से तक ले गया। अभी भी टूटी हुई सीढ़ियाँ थीं और एक रस्सी भी लटकी पड़ी थी। खिड़की से बाहर गिरती हुई कुरसी भी नजर आ रही थी। खिड़की के दोनों पल्ले भी खुले थे और खराब हालत में थे। वह थोड़ी देर चुप रहकर जैसे कि उस खिड़की की तरफ देखती रही, जो हिल रही थी।

एक बूढ़ा आदमी, वह औरत और एक लड़का। उस बूढ़े की पत्नी न थी और उस लड़के की माँ भी नहीं थी। वह खेती–बाड़ी में उस बूढ़े की मददगार रही होगी, जब बूढ़े की पत्नी का देहांत हुआ होगा तो बूढ़े ने उसे अपने साथ रख लिया होगा। एक और कारण भी रहा होगा कि उन्हें मिलने कोई नहीं जाता होगा।

"लेकिन हम नहीं कर सके।" उसने कहा, "टेलीस्कोप को ढूँढ़ो।"

लेकिन श्रीमती इविमेय बालकनी में परेशान लग रही थी, क्योंकि

उनको वह टेलीस्कोप नहीं मिल पा रहा था।

“टेलीस्कोप क्यों?” किसी ने उनसे पूछा।

अब वे पूरी तरह से वहाँ बैठी हुई थीं। उस अधेड़ उम्र की महिला के कंधे पर कुछ नीले रंग का था।

“वह वहाँ पर जरूर होगी!” उसने कहा। उसने मुझे बताया, “प्रत्येक रात जब सारे वृद्ध लोग सोने के लिए चले जाते हैं तो वह खिड़की में टेलीस्कोप द्वारा सितारों को देखता था—जुपिटर, एल्डेबेरान, टैसीयापिया। उसने पेड़ों के बीच उभरते नजर आ रहे सितारों की तरफ हाथ करते हुए कहा। अँधेरा गहराता जा रहा था। खोजी-दीप की रोशनी चमक रही थी और सितारों पर भी पड़ रही थी। “वहाँ पर वे थे,” उसने कहा, “सितारे।” और उन्होंने खुद से ही कहा, मेरे परदादा ने बालक को कहा? वे क्या हैं? वे क्यों हैं, और मैं कौन हूँ?” जैसे कि कोई अकेला इनसान, जिसके पास कोई बात करनेवाला न हो और सितारों को देखता रहे।

प्रत्येक रात जब सारे वृद्ध लोग सोने के लिए चले जाते हैं तो वह खिड़की में टेलीस्कोप द्वारा सितारों को देखता था—जुपिटर, एल्डेबेरान, टैसीयापिया। उसने पेड़ों के बीच उभरते नजर आ रहे सितारों की तरफ हाथ करते हुए कहा। अँधेरा गहराता जा रहा था। खोजी-दीप की रोशनी चमक रही थी और सितारों पर भी पड़ रही थी।

वह चुप बैठी थी। वे सभी सितारों की तरफ देख रहे थे, जो अँधेरे में उन पेड़ों के बीच से नजर आ रहे थे। सितारे स्थायी एवं अपरिवर्तित लग रहे थे। लंदन की गूँजती आवाज जैसे गायब सी हो गई थी। सौ साल भी जैसे कुछ नहीं लग रहे थे। उन्हें लगा कि वह बालक भी उन लोगों

के साथ सितारे देख रहा था। फिर एक आवाज उनके पीछे से आई, "आप ठीक हैं, शुक्रवार!" उन सबने मुड़कर देखा, जैसे कि वे अपने आपको बालकनी में गिरा हुआ पा रहे थे। एक जोड़ा उठा और वहाँ से चला गया।

"वह अकेला था।" वह बुदबुदाई। वह गरमियों का जून महीने का दिन था, जैसे कि बहुत गरमी थी। तभी टावर के ऊपर से एक पत्थर गिरा। ऐसा लग रहा था कि जैसे वह दिन खत्म होने वाला हो और उसके पास कोई बात करनेवाला नहीं था। कुछ करने के लिए भी नहीं था। उसकी आँखों के आगे जैसे सारा संसार सिमट के आ गया होगा। दलदल थोड़ा-बहुत ऊपर-नीचे हो रहा था। आसमान जैसे दलदल से मिला हुआ लग रहा था। हरा व नीला, नीला और हरा, सदा के लिए।

"वह अकेला था।" वह बुदबुदाई। वह गरमियों का जून महीने का दिन था, जैसे कि बहुत गरमी थी। तभी टावर के ऊपर से एक पत्थर गिरा। ऐसा लग रहा था कि जैसे वह दिन खत्म होने वाला हो और उसके पास कोई बात करनेवाला नहीं था। कुछ करने के लिए भी नहीं था। उसकी आँखों के आगे जैसे सारा संसार सिमट के आ गया होगा।

आधी रोशनी में श्रीमती इवीमे बालकनी पर अपनी ठोड़ी टिकाए बाहर झुककर देख रही थी, जैसे वह टावर के ऊपर से दलदल को देख रही थी। वह बुदबुदाई, "लेकिन टेलीस्कोप से देखने से धरती कैसी दिखती होगी?"

"उन्होंने ध्यान केंद्रित किया था," महिला ने बताया था, "उन्होंने अपना ध्यान धरती पर केंद्रित किया था···उन्होंने ध्यान केंद्रित किया था पेड़ों पर···प्रत्येक अलग-अलग पेड़ पर···" उसने अपनी आँखें नीचे

कीं···उस घर पर···उस फार्महाउस पर···और तभी एक लड़की दिखाई दी। उसका सिर पर कुछ नीले रंग का था। वह कबूतरों और पक्षियों को दाना खिला रही थी। फिर वहाँ वह आदमी दिखा। उस आदमी ने उसको बाँहों में भरकर कई चुंबन किए।

"यह पहली बार था कि किसी महिला और पुरुष को चुंबन करते हुए उसने टेलीस्कोप से देखा था। मीलों-मील दूर दलदल के उस पार।

"तो वह सीढ़ियों से नीचे भागा। वह खेतों में भागा। वह गलियों में भागा, जंगलों में भी भागा। वह मीलों-मील भागा और जब सितारे पेड़ों के ऊपर दिखने लगे, वह घर पहुँच गया। धूल-मिट्टी से भरपूर और पसीने से तर-बतर था वह।

वह रुक गई, जैसे कि उसने उसको देख लिया था और उसने और उसने···उसने फिर क्या किया? उसने क्या कहा? और लड़की···वे दबाने लगे उसे।

तो वह सीढ़ियों से नीचे भागा। वह खेतों में भागा। वह गलियों में भागा, जंगलों में भी भागा। वह मीलों-मील भागा और जब सितारे पेड़ों के ऊपर दिखने लगे, वह घर पहुँच गया। धूल-मिट्टी से भरपूर और पसीने से तर-बतर था वह।

वह रुक गई, जैसे कि उसने उसको देख लिया था और उसने और उसने···उसने फिर क्या किया? उसने क्या कहा? और लड़की···वे दबाने लगे उसे।

श्रीमती इवीमे पर रोशनी पड़ी, जैसे कि कोई टेलीस्कोप के शीशे में से देखना चाह रहा था (वास्तव में वह वायु-सेना की रोशनी थी, जो दुश्मन के लड़ाकू विमान की खोज कर रहे थे। वह जाग कर उठ गई थी। उसके सिर पर नीला सा कुछ था। उसने हाथ हिलाकर संकेत दिया।

"ओह लड़की!···वह मेरी···वह हिचकिचाई और अपनी कही गई बात को ठीक करती हुई बोली, "वह तो मेरी परदादी है।" उसने अपने पीछे कुरसी पर रखी क्लॉक को मुड़कर देखा।

"लेकिन हमें दूसरे आदमी के बारे में बताओ!" उन्होंने पूछा। श्रीमती इवीमे बुदबुदाई, " वह आदमी···वह आदमी गायब हो गया।"

"रोशनी," अपनी चीजों को इकट्ठा करते हुए उसने कहा। खोजने वाली रोशनी वहाँ से गुजर चुकी थी। अब वह रोशनी बकिंघम राजमहल पर केंद्रित हो रही थी और अब खेलने का समय हो रहा था।

□

बाहर से एक महिला कॉलेज

सफेद चाँद कभी आसमान में अँधेरा नहीं होने देता, शाहबलूत के फूल हरे पेड़ों में सफेद चमक रहे थे और बस घास के मैदान में गाय का चारा ही गहरे रंग का दिख रहा था। कैम्ब्रिज कोर्ट की हवा न तो टारटरी गई, न ही अरब, लेकिन न्यूहैम की छत पर बादलों के बीच गायब हो गई। अगर उसे घूमने के लिए जगह चाहिए होती तो वह पेड़ों के बीच ढूँढ़ लेती। और चूँकि महिलाओं के चेहरे उसके चेहरे से मिल जाते, वह शायद उसे खाली अनावरण ही रहने देती तथा उन कमरों में घूरती, जहाँ उस समय सादी, बिना भाव की पलकें, बिना अँगूठी के हाथ लिये अनगिनत महिलाएँ सो रही थीं, लेकिन यहाँ-वहाँ, कोई रोशनी अभी भी जल रही थी।

कोई शायद एनजेला के कमरे में दो रोशनियाँ भी पाए, यह देखकर कि एनजेला खुद भी कितनी चमकदार थी और चौकोर आईने में से उसकी परछाईं भी कितनी चमकदार लग रही थी। वह पूरी तरह से चित्रित थी—आत्मा भी। आईने में एक सटीक छवि आ रही थी—सफेद व सुनहरी, लाल चप्पलें, पीले बाल व उसमें नीले पत्थर और कभी एक लहर भी, एनजेला होने पर गर्व था। उस पल को भी गर्व था कि वह चित्र रात में वहाँ टँगा था, रात के अँधेरे में वह मंदिर भी खोखला हो रहा था। यह अजीब बात है कि चीजों को सिद्ध करते हुए इतने साधन हैं, समय

की झील पर तैरती हुई लिली बिना डरे, जैसे कि काफी हो यह परछाईं। उस ध्यान को उसके मुड़ने से मानो धोखा सा मिला था। आईने में कुछ नहीं दिख रहा था बस एक काँसे की चारपाई के अलावा तथा वह यहाँ-से-वहाँ भागती, हाथ हिलाते हुए तेजी से घर में एक औरत की तरह और फिर बदलकर एक कली किताब के ऊपर अपने होंठ काटती हुई एवं उन चीजों को हाथ से निशान लगाती हुई, जो अर्थशास्त्र के विज्ञान के हिसाब से नहीं हैं। सिर्फ एनजेला विलियम न्यूहैम पर जीवन बसर करने के लिए कमाती थी और स्वानसी पर उसके पिता के चेक, बावर्ची के यहाँ उसकी माँ का बरतन धोना, पंक्ति में सूखने के लिए रखीं फ्राकें यह दरशाती है कि लिली अब झील पर नहीं तैरती। एक कार्ड पर उसका नाम, सब उसे याद है।

एनजेला विलियम—कोई उसे चाँदनी में भी पढ़ सकता है और उसके बाद कुछ मैरी या ऐनानोर, मिलड्रेड, सारा फोब, उनके दरवाजों के चौकोर कार्डों के ऊपर, सिर्फ नाम और कुछ नहीं, बस नाम। वह सफेद रोशनी उनके नामों पर इस तरह पड़ रही थी कि ऐसा लग रहा था, मानो वह नाम किसी आग को बुझाने के लिए है, किसी विद्रोह को शांत करने के लिए है या किसी परीक्षा को पास करने के लिए। यह ताकत है दरवाजों पर लगे उन कार्डों के नामों की।

एनजेला विलियम—कोई उसे चाँदनी में भी पढ़ सकता है और उसके बाद कुछ मैरी या ऐनानोर, मिलड्रेड, सारा फोब, उनके दरवाजों के चौकोर कार्डों के ऊपर, सिर्फ नाम और कुछ नहीं, बस नाम। वह सफेद रोशनी उनके नामों पर इस तरह पड़ रही थी कि ऐसा लग रहा था, मानो वह नाम किसी आग को बुझाने के लिए है, किसी विद्रोह को शांत करने के लिए है या किसी परीक्षा को पास करने के लिए।

यहाँ आश्रम से काफी मेल खाती हुई चीजें थीं, फिर चाहे वे टाइलें हों, गलियारे हों, शयनकक्ष के दरवाजे हों। वहाँ भी दूध ठंडा व शुद्ध होता है और चादरों को बहुत अच्छी तरह से धोया जाता है।

उस वक्त दरवाजे के पीछे से हलकी सी हँसने की आवाज आई। नियमानुकूल घड़ी ने हर घंटे बाद घंटा बजाया। अब अगर घड़ी उसके आदेश दे रही थी तो यह उनकी बेइज्जती होती। आग, विद्रोह, परीक्षाएँ, सब उस हँसी के पीछे छिप गई थीं। वह हँसने की आवाजें धीरे-धीरे उठीं व हर बीतते घंटे के साथ नियमों व अनुशासन को पीछे छोड़ रही थीं। बिस्तर पर कार्ड बिखरे पड़े थे। सैली फर्श पर थी। हेलेना अच्छी सी कुरसी पर। ब्रेथा अग्नि-स्थान के पास हाथ सेंकते हुए। एनजेला विलियम उबासी लेती हुई अंदर आई।

"क्योंकि यह बिल्कुल असहनीय व निंदनीय है।" हेलेना ने कहा।

"निंदनीय," ब्रेथा ने दोहराया। फिर उबासी ली।

"हम किन्नर नहीं हैं।"

"मैंने उसे पीछेवाले दरवाजे से पुरानी टोपी पहने जाते देखा। वे नहीं चाहते कि हमें पता चले।"

"वे लोग ? वह," एनजेला ने कहा।

फिर वे हँसे।

कार्ड फैला दिए गए थे। उनके लाल-पीले चेहरे मेज पर दिख रहे थे। ब्रेथा, कुरसी के सहारे सिर टिकाए गंभीरतापूर्वक साँस ले रही थी। वह आराम से सो जाती, लेकिन चूँकि रात एक मुफ्त चरागाह है, एक असीम क्षेत्र, क्योंकि रात एक न ढाली गई अमीरी है, एक व्यक्ति को उसके अँधेरे में जरूर जाना चाहिए। एक व्यक्ति को उसे जेवरों से सजाना चाहिए। रात राज से अंशित की जाती थी, दिन में पूरा झुंड ब्राऊज

करता था। अंधे लोग ऊपर थे। बगीचे में एक हवा थी। खिड़की के साथ फर्श पर बैठे हुए (जब बाकी लोग खेल रहे थे) शरीर, दिमाग, मानो दोनों साथ में ही हवा के द्वारा झाड़ियों के पार उड़ा दिए गए थे। ओह, पर वह चाहती थी कि वह बिस्तर में अँगड़ाई ले और सोए। उसे लगा कोई उसकी सोने की चाह को महसूस नहीं कर रहा था, उसे लग रहा था विनम्रतापूर्वक, सुस्ती से एकदम से झपकी व लड़खड़ाहट से और लोग जाग रहे थे। जब वे हँस रहे थे, बगीचे में एक पक्षी सोते हुए चहचहाया, मानो उनकी हँसी···

कार्ड फैला दिए गए थे। उनके लाल-पीले चेहरे मेज पर दिख रहे थे। ब्रेथा, कुरसी के सहारे सिर टिकाए गंभीरतापूर्वक साँस ले रही थी। वह आराम से सो जाती, लेकिन चूँकि रात एक मुफ्त चरागाह है, एक असीम क्षेत्र, क्योंकि रात एक न ढाली गई अमीरी है, एक व्यक्ति को उसके अँधेरे में जरूर जाना चाहिए।

हाँ, मानो उनकी हँसी (क्यों कि वह अब सो चुकी थी) हवा की तरह तैरती हुई झाड़ियों के पार जा रही थी या मानो भाप व बादलों में बदल गई थी और फिर हवा के कारण झाड़ियाँ अपने आपको सत्कार से झुका लेती थीं तथा वह सफेद भाप दुनियाभर में फैल जाती थी।

यह भाप उन सभी कमरों से निकलीं, जहाँ महिलाएँ सोती थीं और झाड़ियों को हवा बनकर छूती हुई बाहर फैल गई।

बुजुर्ग महिलाएँ सो चुकी थीं, जो चलने पर अपने हाथों में लोहे की छड़ी पकड़ लेती थीं। अब मुलायम और बेरंग, वे आराम से भावनाओं से घिरी लेटी हुई हैं, जो कि बगीचे में यह हँसी डाल रही हैं। शरीर व दिमाग की यह हँसी, जो नियम, समय, अनुशासन, सबको पीछे छोड़ चुकी थीं, गुलाब की झाड़ियों को भाप से भर रही थीं।

'अह' एनजेला ने गाउन पहने खिड़की के पास खड़े हुए बोला। उसकी आवाज में दर्द था, हवा फाँकों में बँट गई, मानो उसकी आवाज ने उसे बाँट दिया हो। जब और लोग खेल रहे थे तो वह ऐलिस ऐवरी से बैमबोरोग के किले के बारे में बात कर रही थी। वहाँ की मिट्टी के रंग के बारे में बात की, जिसपर ऐलिस ने कहा कि वह लिखेगी एवं अगस्त में सुलझा लेगी और उसे चूमा, कम-से-कम सिर पर हाथ रखा। एनजेला बेचैन होते हुए, मानो किसी के दिल में समंदर का तूफान-सा उठ रहा हो। कमरे में हाथ हिलाते हुए ऊपर-नीचे हो रही थी, जोशी से उस चमत्कारी पेड़ को देखकर, जिसके ऊपर एक सुनहरा फल भी था, वह उसकी बाँहों में गिर नहीं गया था। उसने उसे अपने स्तन के पास एक ऐसी चीज को रख लिया था जिसको छूना भी नहीं चाहिए, जिसके बारे में बात भी नहीं की जानी चाहिए, सोचा भी नहीं जाना चाहिए। उसे बस वहीं जगमगाने के लिए छोड़ देना चाहिए और फिर वहाँ अपनी जुराबें, चप्पलें रखते हुए, अपना पेटीकोट ऊपर की ओर मोड़ते हुए एनजेला, जिसका दूसरा नाम विलियम था, उसने सोचा कि वह उसे किस तरह व्यक्त कर सकती है कि इस गहरे मंथन के बाद भी गुफा के अंत में रोशनी हो सकती है, जिदंगी हो सकती है, दुनिया हो सकती है। यह उसकी खोज थी।

हाँ, कोई चौंकेगा कैसे नहीं, अगर बिस्तर पर लेटे हुए भी वह अपनी आँखें बंद नहीं कर पा रही थी? किसी चीज ने उन्हें खोले रखा था, अगर अँधेरे में भी कुरसी व दराज दिख रहे थे। अँगूठा चूसते हुए (उसकी उम्र पिछले नवंबर को 19 वर्ष थी) वह इस नई, अच्छी दुनिया में लेटी हुई थी, गुफा के आखिरी में इस गुफा में। उसने कंबल हिलाए व खिड़की के बाहर देखने लगी, जहाँ हवा थी, और कहीं दूर से बड़बड़ाने की आवाजें आ रही थीं। 'ओह', वह चिल्लाई, मानो किसी दर्द में हो।

□

चौरागा की शृंखला

बहुत बढ़िया, हम यहाँ पर हैं और अगर आप उस कमरे के बाहर अपनी निगाह दौड़ाते हैं, तो आप देखेंगे कि लंदन के एक छोर से दूसरे छोर तक ट्यूब, ट्राम और ऑम्निबस, जैसे सार्वजनिक परिवहन और निजी गाड़ियों के जाल बुनाई के धागों सदृश बिछे हुए हैं; यह तो कुछ भी नहीं, अन्य जगहों पर भी यही हाल है, हालाँकि मैं अपने काम में डूबा रहता हूँ और भूमिखंडों को उपजाऊ बनाने हेतु परिश्रम करने में व्यस्त रहता हूँ। फिर भी मुझे संदेह तो रहता ही है।

जैसा कि लोग कह रहे हैं कि मौसम इस वर्ष उतना ठंडा नहीं है, जितना हमेशा होता है, फिर भी इंफ्लूएंजा का प्रभाव अपना असर तो छोड़ेगा ही; यदि वास्तव में यह सच है, तो मुझे रीजेंट गली में उस किराए के फ्लैट में नहीं रहना चाहिए था; जिसके लिए मैंने करार पर दस्तखत किए थे।

यकीनन उस समय झूठ बोलते हुए मेरी स्थिति और अनुभूति कुछ इस प्रकार की थी, जैसे कि आप लॉर्डर में हो रहे रिसाव के बारे में लिख रहे हों और आपके दस्ताने ट्रेन में छूट गए हों। सच कहूँ तो जैसे किसी रक्तसबंधी के प्रति अपने झुकाव को व्यक्त करने में आपको हिचकिचाहट-सी महसूस होती है, इस समय मेरी हालत भी बिल्कुल वैसी ही हो रही थी—

"इस बात को सात साल हो चुके हैं, जब हम एक-दूसरे से पहली बार मिले थे!"

"हमारी अंतिम मुलाकात वेनिस में हुई थी।"

"और अब आप कहाँ रह रहे हो?"

"वैसे एक बात कहूँ, किसी से बातचीत करने के लिए मुझे दोपहर के बाद का समय ज्यादा पसंद है, हालाँकि यह तभी होता है, जब उस समय भी मुझसे बहुत ज्यादा बात न की जाए···"

"लेकिन मैं तुम्हारे बारे में एक बार में ही सबकुछ जान लेना चाहता हूँ!"

"मैं तुमसे तब तक बातचीत करना चाहता हूँ, जब तक कि लड़ाई की वजह से हमारी बातचीत में रुकावट न आ जाए।"

एक बात कहूँ, यदि आपके मन पर लोगों द्वारा कही गई छोटी-छोटी बातों का असर होने लगेगा और आप उनकी बातों से आहत होने लगेंगे, तो समाज में रहनेवाले ये लोग आप पर हर तरह से दबाव बनाने पर आमदा हो जाएँगे। अगर कभी ऐसा हो जाए, तो आप उनकी बातों की अवहेलना कर दें, अन्यथा उन्हें आपके ऊपर तानों और अवहेलनाओं की बिजली गिराते देर नहीं लगेगी। अपने अतीत की बातों से सीख लेकर उन बातों को

एक बात कहूँ, यदि आपके मन पर लोगों द्वारा कही गई छोटी-छोटी बातों का असर होने लगेगा और आप उनकी बातों से आहत होने लगेंगे, तो समाज में रहनेवाले ये लोग आप पर हर तरह से दबाव बनाने पर आमदा हो जाएँगे। अगर कभी ऐसा हो जाए, तो आप उनकी बातों की अवहेलना कर दें, अन्यथा उन्हें आपके ऊपर तानों और अवहेलनाओं की बिजली गिराते देर नहीं लगेगी।

भूलने की कोशिश करें, जो आपको बुरी लगती हों। सच तो यह है कि अगर आप अपने अतीत की बातों में ही उलझे रहेंगे, तो कभी भी सुखी और संतुष्ट जीवन नहीं बिता पाएँगे। कुछ अच्छे के लिए, सच्ची खुशी के लिए, अतीत में हुई बुरी बातों के बारे में सोचकर पछताने के बजाय जिंदगी के बारे में नए सिरे से सोचना चाहिए। आखिर कब तक आप अपने खोए हुए हैट, फर कोट, बोज, मोती से बने टाई पिन और लोगों के टेल कोट में ही उलझे रहेंगे।

आखिर क्या? यह कहना बेहद मुश्किल है कि मैं हर मिनट में कुछ उलझा हुआ-सा क्यों हूँ। इतना सबकुछ होने के बावजूद मैं यहाँ बैठकर हर बात पर विश्वास करने को राजी हूँ। मुझे अच्छी तरह से याद है कि आखिरी बार भी कुछ ऐसा ही हुआ था।

आखिर क्या? यह कहना बेहद मुश्किल है कि मैं हर मिनट में कुछ उलझा हुआ-सा क्यों हूँ। इतना सबकुछ होने के बावजूद मैं यहाँ बैठकर हर बात पर विश्वास करने को राजी हूँ। मुझे अच्छी तरह से याद है कि आखिरी बार भी कुछ ऐसा ही हुआ था।

"क्या कभी तुमने कोई जुलूस देखा है?"

"राजा एकदम तटस्थ-सा है।"

"नहीं, नहीं, नहीं। लेकिन यह क्या था?"

"उसने मैलम्सबरी में एक घर खरीदा था।"

"वहाँ पर ऐसा घर ले पाना किस्मत की बात है।"

इसके विपरीत, मुझे उसे देखकर इतना तो यकीन हो गया कि यह जो कोई भी है, सम्मान करने के लायक नहीं है, क्योंकि उसके लिए किसी की भावनाओं से ज्यादा मोल फ्लैट, हैट और समुद्री गलियों की तफरीह है। मैं जिस जगह पर था, वहाँ मैंने देखा कि सौ से ज्यादा लोग

अच्छे कपड़ों में सजे-धजे-से बैठे थे। मैं अपने लिए कोई गौरवपूर्ण बात नहीं कहूँगा, मैं वहाँ पर अपराध की भावना से ग्रसित एक कुरसी पर बैठा हुआ था। उस समय मेरे दिमाग में एक चिंताजनक याद ही उभर रही थी। अगर मैं गलती नहीं कर रहा हूँ, तो मेरे अलावा वहाँ पर बैठे सभी चोरी-चुपके कुछ-न-कुछ याद कर रहे थे। मैं कुछ भी समझ नहीं पा रहा था, क्यों मुझे अजीब सी बेचैनी और कुलबुलाहट महसूस हो रही थी। इस घबराहट में मैं यही सोच रहा था कि क्या मैं अपने हाथों से दस्तानों के बटन खोलकर उसे निकाल दूँ या फिर पहने रहूँ। मैं कुछ भी समझ नहीं पा रहा था। तभी मैंने अँधेरे में कैनवास पर एक भद्र बुजुर्ग व्यक्ति का चेहरा देखा, जिसके चेहरे पर उत्तेजना थी, लेकिन अचानक से ही वहाँ पर चुप्पी और उदासी-सी छा गई। अँधेरे में वे साए उदास-से लग रहे थे। मैं सोचने लगा कि क्या यह शो के दूसरे दौर में बजनेवाले वायलिन की धुन थी। चार काले साए अपने हाथों में वाद्ययंत्र लिये हुए आए और रोशनी के नीचे चौकोर में बैठ गए, बाकी सब म्यूजिक कन्सर्ट के लिए बनाए गए स्टेज पर खड़े हो गए। एक-दो-तीन कहकर अपना वायलिन बजाना शुरू कर दिया, उनके द्वारा बजाई गई धुन पूरे वातावरण को अद्‌भुत किस्म के सम्मोहन में बाँध रही थी।

मैं अपने लिए कोई गौरवपूर्ण बात नहीं कहूँगा, मैं वहाँ पर अपराध की भावना से ग्रसित एक कुरसी पर बैठा हुआ था। उस समय मेरे दिमाग में एक चिंताजनक याद ही उभर रही थी। अगर मैं गलती नहीं कर रहा हूँ, तो मेरे अलावा वहाँ पर बैठे सभी चोरी-चुपके कुछ-न-कुछ याद कर रहे थे।

उनका संगीत सुनकर ऐसा प्रतीत हो रहा था, मानो उसके संगीत के साथ-साथ पहाड़ों पर लगे बर्जन ट्री पर खिले हुए फूलों पर पड़ती ओस

की बूँदें भी उसके साथ थिरक रही हों। पूरा वातावरण ऐसा लग रहा था, जैसे कि बसंत का मौसम पूरे शबाब पर है। फव्वारों से गिरती पानी की बूँदें और रोन में पानी का तेज बहाव मेहराबों के नीचे से ऐसे तेजी से निकलता है, मानो वह किसी के साथ दौड़ लगा रहा हो। पानी के अंदर तैरती रुपहले रंग की मछलियों पर मेहराबों की छाया पड़ने से वे धब्बेदार सी प्रतीत होती हैं। पानी की धार के साथ मछलियाँ भी तेजी से नीचे की ओर भागती हैं। पूल में पानी के बहाव के साथ तैरती हुई मछलियाँ उस जगह इकट्ठी होती हैं, जहाँ पर बहुत सारी मछलियों का समूह है। पानी इतना स्वच्छ है कि उसके अंदर मौजूद चमकीले पीले कंकड़ ऐसे महसूस होते हैं, मानो वो तेजी से गोल-गोल चक्कर लगाते हुए नीचे की ओर भाग रहे हैं। नदी का सर्पीला घुमाव ऐसा प्रतीत होता है, मानो हवा लहराते हुए किसी हवाई जहाज से नीचे की ओर उतर रही है। पूरा वातावरण बेहद खूबसूरत और मनोरम है। मछुआरों की औरतों के चेहरों पर खुशी की लहर-सी दौड़ रही है। उनकी खुशी हर ओर घुली हुई-सी महसूस होती है, ऐसा लग रहा है, मानो उनके साथ पूरी दुनिया मुसकरा रही है। बुजुर्ग औरतें जब अपनी खनकती हुई हँसी में खिलखिलाकर हँसती हैं तो खुशी के आवेग में एक-दूसरे के ऊपर लुढ़क जाती हैं।

"मैं जानता हूँ कि वह मोजार्ट था।"

"लेकिन उसकी बजाई यह धुन भी उसके द्वारा बजाई जानेवाली बाकी धुनों की तरह लोगों में उम्मीद जगानेवाली थी। सच कहूँ तो यह ऐसा संगीत था, जिसे सुनकर मैं दिल खोलकर नाचना, हँसना, गुलाबी रंग के केक के साथ मदहोश कर देनेवाली वाइन पीना चाहता था। तुम्हें लग रहा होगा कि यह कैसी अजीब सी कहानी है, लेकिन अब मैं उसके साथ खुद को जोड़ सकता हूँ। पुरानी चीजें धीरे-धीरे करके ज्यादा-से-ज्यादा अजीब होने लगती हैं। लोगों से भरा हुआ हॉल, हा-हा-हा मैं हँसने लगा। तुम सोचोगे यह सब क्या है ? मैं तुमसे क्या बात कर रहा हूँ।

तुमने मुझसे कुछ भी नहीं कहा, न ही उस बूढ़े आदमी ने कुछ कहा था, लेकिन अगर ऐसा होता तो क्या होता?"

सच कहूँ तो तुम्हारे साथ रहते हुए मुझे ऐसा महसूस होता कि मिलानचोली नदी हमें बरदाश्त कर रही थी। चाँदनी रात में चाँद की रोशनी तुम्हारे चेहरे पर पड़ने के कारण मैं तुम्हारे चेहरे को और उस पर आनेवाले भावों को देख रहा था, तुम्हारी आवाज को सुन पा रहा था। बिस्तर पर हम तब तक एक साथ पड़े रहते, जब तक चिड़ियों के चहचहाने की आवाज नहीं सुनाई देने लगती। इस बीच तुम न-जाने क्या फुसफुसाती थी, शायद दुःख-दर्द या फिर हँसी-खुशी। चाँदनी रात में हम एक-दूसरे के साथ खूबसूरत वक्त बिताते थे। लेकिन अचानक से ही मेरी नींद खुल गई और मुझे अपने आसपास दुःख और उदासी का मंजर-सा नजर आने लगता। उस समय मुझे अथाह पीड़ा महसूस होती।

सच कहूँ तो तुम्हारे साथ रहते हुए मुझे ऐसा महसूस होता कि मिलानचोली नदी हमें बरदाश्त कर रही थी। चाँदनी रात में चाँद की रोशनी तुम्हारे चेहरे पर पड़ने के कारण मैं तुम्हारे चेहरे को और उस पर आनेवाले भावों को देख रहा था, तुम्हारी आवाज को सुन पा रहा था।

नाव डूब गई थी। डूबनेवालों के आँकड़े तेजी से बढ़ते जा रहे थे, लेकिन पानी पर तैरते पत्ते की तरह मेरे दिल के अँधेरे कोने में उम्मीद की एक किरण अभी भी जल रही थी। ऐसा लग रहा था, वह मेरे लिए गा रही है, मुझे दुःख के थपेड़े से दूर ले जा रही है, इससे मेरे मन का सारा गुबार, सारा दुःख, तनाव एक क्षण में ही ऐसे दूर हो रहा था, जैसे उफनती नदी अपने तेज प्रवाह में सबकुछ बहा ले जाती है। जब आप संगीत की ऐसी नदी में गोते लगाते हैं, तो यकीन मानिए, आपके अंदर का सारा आक्रोश, गुस्सा सबकुछ न जाने कहाँ गायब हो जाता है, उस समय आप अपने

आसपास होनेवाले सारे शोर-शराबे से दूर खुद से ही बातें करने लगते हैं। उस समय आपको दु:ख और खुशी का एहसास एक साथ होता है, जिससे आपके लिए दोनों में अंतर कर पाना मुश्किल हो जाता है।

लेकिन अगर ऐसा है, तो फिर मन के अंदर यह शोक क्यों है? मैं असंतुष्ट क्यों हूँ? जबकि मैं यह अच्छी तरह से जानता हूँ कि एक दिन हर किसी को गुलाब की पत्तियों के नीचे सुकून की नींद सोना है। जहाँ सोने के बाद आप गुब्बारे की तरह से हलके होकर सारे दु:ख-तनाव को छोड़कर आसमान में गोते लगाएँगे। उस समय आप एक ऐसी दुनिया में पहुँच चुके होंगे, जहाँ हम तक कोई चाहकर भी पहुँच नहीं पाएगा।

"नहीं-नहीं, मैंने कुछ भी महसूस नहीं किया। यह संगीत का सबसे खराब हिस्सा था, जिसकी वजह से मैं ऐसे पागलपन से भरे सपने देख रहा था। तुमने कहा कि दूसरा वायलिन देर से बजना था।"

"हाँ, सोचने दो मुझे। वहाँ पर वृद्ध श्रीमती मुनरो थी, जो इसे अलग तरह से महसूस कर रही थी, हालाँकि दिनोदिन उनकी आँखों की रोशनी कम होती जा रही थी। वह बेचारी उम्र के ऐसे पड़ाव पर थी, जहाँ से कभी भी फिसल सकती थी। उनके अलावा, लाल रंग के पत्थरों के सख्त फुटपाथ पर पड़ी सफेद बालोंवाली वह दृष्टिहीन बुजुर्ग महिला भी वहाँ थी।"

वह भी खुशी के अतिरेक से चिल्ला रही थी, "कितना सुंदर है यह सब! ये इतनी बढ़िया धुन कैसे बजा रहे हैं, कैसे-कैसे?"

सादगी से परिपूर्ण उनके चेहरे पर एक खास चमक थी और उनकी जुबान से निकले शब्द तालियों की गड़गड़ाहट-से लग रहे थे। उनके सिर पर पहनी टोपी में लगे चमकीले पंख बेहद मनभावन लग रहे थे। चटकीले रंग के पंखों से सजी उनकी टोपी से ऐसी खड़खड़ाहट की आवाज आ रही थी, जैसे बच्चों के खिलौनों से आती है। परदों की आड़

से दिखते सभी पेड़ों की हरी पत्तियाँ बेहद रोमांचक लग रही थीं।

"कैसे-कैसे-कैसे हुआ?"

ये सभी हरियाली के प्रेमी प्रतीत होते हैं?

"मैडम, अगर आप चाहें तो मेरा हाथ पकड़ सकती हैं।"

"सर, मैं आपके ऊपर दिल से भरोसा करती हूँ। सच कहूँ तो हम सब अपनी आत्मा उसी बैंकट हॉल में छोड़ आए हैं। इस वक्त बस हमारे साथ हमारे शरीर ही हैं।"

"हमारी आत्मा में जो गाँठें हैं, वे न तो किसी भाव को महसूस कर पाती हैं, न ही उसके बारे में सोच पाती हैं, वो भी इस समय न जाने कौन सी सुगंध को महसूस कर मदमस्त हैं।" हमारे मन का हंस अपने आंतरिक विचारों से जूझते हुए मध्य धारा में न जाने कौन से सपने देखता है।

"हमारी आत्मा में जो गाँठें हैं, वे न तो किसी भाव को महसूस कर पाती हैं, न ही उसके बारे में सोच पाती हैं, वो भी इस समय न जाने कौन सी सुगंध को महसूस कर मदमस्त हैं।" हमारे मन का हंस अपने आंतरिक विचारों से जूझते हुए मध्य धारा में न जाने कौन से सपने देखता है।

"हॉल से लौटते हुए उसने गलियारे तक मेरा पीछा किया और जैसे ही मैं वहाँ से कोने की ओर मुड़ी, मेरे पेटीकोट के फीते पर उसका पैर पड़ गया। मेरे मुँह से एक आह-सी निकली, उसके अलावा मैं उस समय और कर भी क्या सकती थी। लेकिन मैंने अपने दर्द पर रोने और उस पर उँगली उठाने की बजाय आगे बढ़ने में भलाई समझी। लेकिन तभी मैंने देखा कि उसने अपनी तलवार पर बने पासों को खींचा और ऐसे चलाया, जैसे उसने किसी को मार दिया हो, फिर मुझे ऐसा महसूस हुआ जैसे वो पागल-

पागल पुकार रहा हो। जैसे ही मैं चिल्लाई, मेरी आवाज सुनकर प्रिंस; जो कि खिड़की से लगी अपनी मेज-कुरसी पर बैठकर किसी बड़ी सी किताब में कुछ लिख रहा था; अपनी मखमली टोपी और फरवाली चप्पलें पहने बाहर आया और दीवार से एक पैकेट को निकाला, जो कि स्पेन के राजा का उपहार था। लेकिन क्या आप जानते हो वह क्या था, जिसे वह अपने कपड़े में छिपाए आया था और घंटी की आवाज सुनकर मेरे स्कर्ट में छिपाने से पहले ही भाग गया।"

सज्जन ने तेजी से महिला के सवाल का जवाब दिया, जिसमें तारीफों के साथ-साथ कुछ मजाकिया बातें थीं, जिसे सुनकर वह महिला तेजी से दौड़ती हुई वहाँ से भागने लगी, साथ-साथ वह उत्साह से बुदबुदाती भी जा रही थी कि किसी भी शब्द का अर्थ हर व्यक्ति के लिए अलग होता है।

सज्जन ने तेजी से महिला के सवाल का जवाब दिया, जिसमें तारीफों के साथ-साथ कुछ मजाकिया बातें थीं, जिसे सुनकर वह महिला तेजी से दौड़ती हुई वहाँ से भागने लगी, साथ-साथ वह उत्साह से बुदबुदाती भी जा रही थी कि किसी भी शब्द का अर्थ हर व्यक्ति के लिए अलग होता है। सच तो यह है कि प्रेमपूर्ण बातें किसी को भी अनंत आकाश में उड़ा देती हैं, जहाँ पर केवल प्रेम का अभेद्य संसार होता है। उस समय ऐसा लगता है, जैसे चारों ओर उजाला-सा छा गया है और कानों में चाँदी की मधुर घंटियों की अद्‌भुत ध्वनि दूर से आती हुई सुनाई देने लगती है। ऐसा लगता है, जैसे संपूर्ण सृष्टि प्रेमी जोड़ों को सलामी देते हुए, उनके प्रेम को सराह रही हो। चाँदनी रातों में हरे-भरे घास के मैदानों में प्रेमी जोड़ों को देखकर पूल में तैरती हुई मछलियों, लॉन में लगे नीबू के पेड़ों और स्वच्छ आकाश में भी रोमानियत-सी छा जाती है। सच तो यह है कि उस समय सारा वातावरण

खूबसूरत हो जाता है, सफेद संगमरमर से बने खंभों पर टिकी मेहराबों की चमक और बढ़ जाती है। लेकिन सच तो यह है कि मैं जिस भी शहर में गया, वहाँ पर न तो मुझे खंभों पर टिकी सफेद संगमरमर की मीनारें नजर आईं, न ही चाँदनी रातों में चाँदी की घंटियाँ ही सुनाई दीं। पता नहीं क्यों, मुझे सबकुछ थोड़ा अजीब सा लग रहा था।

मैं जहाँ भी जाता हूँ, न तो वहाँ पर पत्थर ही हैं, न ही संगमरमर के खंभों पर टिके मेहराब ही हैं, न तो वहाँ मुझे किसी प्रेमीजन का चेहरा नजर आता है, न ही प्रेम को नमन करता कोई ध्वज ही दिखाई देता है। उस समय मुझे मेरी खुशी रेगिस्तान में भटक जानेवाले यात्री की तरह प्रतीत होती है, जो पूरी तरह से नग्न मरुस्थल में भटक रहा है, जहाँ पर सुस्ताने के लिए न तो कोई छायादार पेड़ है, न ही संगमरमर की मेहराबें। उत्सुकतावश मैं अपने सपनों की जगह पर उसके निशान की तलाश में जाता हूँ और उस सेबवाली महिला को अभिवादन भी करना चाहता हूँ। तारों से भरी एक रात में चलते-चलते मैं एक इमारत के सामने जाकर खड़ा हो गया। घंटी बजाने पर नौकरानी ने दरवाजा खोला और पूछने पर कहा, "शुभ रात्रि, शुभ रात्रि। आप इस रास्ते से जाओ।"

"ठीक है। जाता हूँ।"

और मैं उस रास्ते पर चल पड़ा।

□□□

भारतवर्ष की लोककथाएँ

आंध्र प्रदेश
की लोककथाएँ